인생의 나침반

탈무드 처세집

인생의 나침반
탈무드 처세집

초판 1쇄 ∣ 2015년 6월 20일

편 역 ∣ 김하
펴낸이 ∣ 이승한
펴낸곳 ∣ 도서출판 움터미디어

출판등록 ∣ 1995년 9월 22일 제313-2009-155호
주 소 ∣ 서울시 마포구 대흥동 165-3
전 화 ∣ 02-926-4094
팩 스 ∣ 031-965-4098

ISBN 978-89-86755-63-3(03890)

지혜의 서

인생의 나침반

탈무드
처세집

김하 편역

움터미디어

맑은 지혜의 창

현재 이스라엘과 전 세계에 흩어져 살고 있는 유대인은 대략 1,300만 명으로, 전 세계 인구의 0.25퍼센트에 불과하다. 하지만 이 유대인만큼 전분야에 걸쳐 성공을 거두고 있는 민족도 없다.

투자분석가 조지 소로스, 미래학자 앨빈 토플러, 영화감독 스티븐 스필버그, 전 미국 국무장관 헨리 키신저 등 오늘날 정치 · 경제 · 문화계를 주름잡는 인사들 모두가 유대계다. 금융업으로 명성을 떨치고 있는 로스차일드 가나 올리베티사의 카밀로 올리베티, 시트로엥의 앙드레 G. 시트로엥 같은 기업인은 물론이고, 역사적으로 1인자를 대표하는 세계적인 위인들이 수없이 많다. 과학자 아인슈타인, 심리학자 프로이트, 작가 토마스 만, 지휘자 번스타인, 칼 마르크스, 마르크 샤갈 등.

현재 미국 전체 인구 중 유대인이 차지하는 비율은 3퍼센트 미만에 불과하지만, 대학 교수 중 30퍼센트가 유대인이며 역대 노벨상 수상자들 중에서 약 30퍼센트가 유대인이다. 이들 저명인사뿐만 아니라 대부분의 유대인들은 독창적인 능력을 발휘해 확실한 성공을 거두고 있다.

끝없는 고난과 위기를 극복하고 성공의 정점에 오른 유대인, 그 힘은 어디에서 기원하는가?

유대인이 역사적으로 수많은 인재를 배출할 수 있었던 비밀은 유년기의 성장과정에 있다고 생각된다. 그들은 자녀를 훈육하는 독특한 방식과 독자적인 사고방식과 방법론을 가지고 있었다. 그리고 그 중심에는 5,000년이란 기나긴 세월을 이어온 유대인들의 온갖 지적 재산과 정신적 자양분이 고스란히 담긴 『탈무드(Talmud)』가 있었다.

유대인에게 『탈무드』는 민족의 혼이자 얼이다. 2,000년 동안 세계 각지에 흩어져 수난을 겪으며 살아야 했던 유대 민족에게 『탈무드』는 유일하게 그들을 연결시켜준 정신적 지주였다.

오늘날 대부분의 유대인들은 정신적 자양분을 『탈무드』에서 취하고 있으며, 여기에서 생활규범을 찾고 있음은 누구나 알고 있는 사실이다. 『탈무드』는 유대인을 유대인답게 만들어왔고, 또 유대인들이 『탈무드』를 지켜온 것 못지않게 『탈무드』가 유대 민족을 지켜왔다고 할 수 있다.

『토라(Torah)』와 함께 유대 민족의 정신적 지주인 『탈무드』는 총 20권에 1만 2,000페이지에 이르고, 단어 수가 250만 개 이상이며, 무게도 75킬로그램이나 된다. 『탈무드』는 기원전 500년에서 서기 500년까지 1,000

년 동안 구전되어온 것들을 수많은 학자들이 10여 년에 걸쳐 수집·편찬한 것이다. 또한 『탈무드』는 현재의 생활 속에도 밀접한 관련이 있기 때문에, 가히 유대인들의 5,000여 년에 걸친 지혜의 보고이자 지식의 보고라고 말할 수 있다.

유대 민족의 5,000년 역사는 시련의 연속이었다. 제2차 세계대전 이후 이스라엘이 건국되기까지 유대인은 오랫동안 나라를 갖지 못한 유랑민족이었다. 조국이 없으므로 부(富)와 지위도 생존조건이 되지 못했다. 오직 의지할 것이 있다면, 그것은 각자의 머릿속에 축적할 수 있는 지혜와 지식이었다.

유대 민족의 역사는 똑같이 5,000년을 이어오고 있으면서 숱한 외세 침탈을 겪은 우리의 역사와 매우 흡사하다. 동란의 폐허를 딛고 일어나 현재와 같은 고도의 경제성장을 이룩한 우리는 이제 아시아를 넘어 세계 선진국가들과 당당하게 어깨를 겨루고 있다. 자원의 혜택이 없는 우리는 지식이나 지혜에 제1의 가치를 두는 유대인과 비슷한 가치관을 지니고 있다고 볼 수 있다.

이 책은 값진 문헌이자 화려하게 꽃피운 문화의 모자이크인 『탈무드』를 올바르게 이해하게 해주고, 유대인 성공신화의 근원이 무엇인지를 가르쳐준다. 아울러 우리가 체득하고 추구해야 할 성공인의 길을 찾아내는 기회가 될 것이다.

차례

탈무드의 웃음

1

지혜의 세 가지 관문

지혜는 단순한 고민 정도로 생겨나는 것이
아니다. 일상적인 훈련을 통해 날마다 조금
씩 연마되는 것이다. 그렇게 연마된 지혜와
기지는 사람을 행복하게 해주기도 하고, 일
약 갑부로 올라서게도 한다. 지혜야말로 행
복의 보물단지인 셈이다.

예루살렘 출신의 한 나그네가 여행 도중 큰
병을 얻었다. 어느 도시에 도착한 그는 자신
이 얼마 후 죽게 된다는 사실을 깨닫고 여관
집 주인을 불렀다.

그 주인을 신뢰한 그는 자신이 지니고 있던
귀중품을 맡기면서 이렇게 말했다.

"만약 내 아들이 예루살렘에서 찾아와 세 번
의 기지를 발휘한다면 이 물건들을 아들에게
건네주시오. 하지만 그 아이가 기지를 발휘
하지 못한다면 당신이 갖도록 하시오."

유언을 마친 나그네는 얼마 후 숨을 거두었
고, 주인은 망자의 아들에게 전보로 나그네
의 죽음을 알렸다.

며칠 뒤 전보를 받은 나그네의 아들이 이 도
시에 도착했다. 아들은 도시에 도착하자마
자 수소문하여 자기 아버지가 묵었던 여관을
찾았다. 그러나 어느 누구도 그 여관을 가르
쳐주지 않았다.

때마침 커다란 나뭇단을 지고 오는 사람이 있었다. 아들이 그 나무꾼에게 물었다.

"그 나무, 파는 것입니까?"

"그렇소."

"그럼 잘됐소이다."

아들은 그 즉시 나무 값을 지불하고, 나뭇단을 마을의 상가(喪家)로 배달해달라고 부탁했다. 그래서 그는 나무꾼을 쫓아감으로써 그토록 찾아 헤매던 그 여관에 도착하게 되었다. 이것이 첫 번째 기지였다.

젊은이는 자신을 고인의 아들이라고 소개한 다음 주인으로부터 따뜻한 영접을 받았다. 그리고 점심 무렵 그 집 식구들과 함께 식사를 하게 되었다.

그 집에는 주인 부부 말고도 두 아들과 두 딸이 있었다. 그리고 식탁 위의 커다란 접시에는 통닭 다섯 마리가 놓여 있었다.

주인이 말했다.

"멀리서 오셨으니 손님께서 통닭을 나누시지요."

젊은이가 손을 내저으며 사양했다.

"말씀은 고맙지만…… 제가 어떻게……!"

"괜찮습니다. 사양 마시고, 어서……."

"정 그러시다면……."

이렇게 되어 젊은이가 통닭을 나누게 되었다.

그는 먼저 통닭 한 마리를 주인 부부에게 나누어주었다. 다음 통닭을 두 아들에게 나누어주었고, 마찬가지로 또 한 마리를 두 딸에게 배분했다. 그리고 나머지 두 마리를 자기 몫으로 놓았다.

일행이 식사를 시작했는데, 손님의 엉뚱한 행동에 입을 여는 사람이 아무도 없었다. 이것이 그의 두 번째 기지였다.

저녁식사 때는 삶은 암탉이 나왔다. 그런데 이번에도 주인은 젊은이에게 암탉을 나누어달라고 부탁했다. 젊은이가 이번에는 머리 부분을 주인에게, 내장을 그의 부인에게, 다리를 두 아들에게, 날갯죽지를 두 딸에게 주고 자기는 몸통 부분을 먹었다. 이것은 세 번째 기지였다.

그렇게 식사가 끝나갈 즈음 주인이 물었다.

"예루살렘에서는 이런 방법으로 나눕니까?"

"예?"

"아까 낮엔 아무 말도 하지 않았습니다만, 이번에는 꼭 물어보고 싶군요."

"저도 마음에 내키지는 않았습니다만, 아무런 말씀이 없기에……."

젊은이가 입을 열었다.

"그럼 제 방법을 설명해드리지요. 낮에는 일곱 사람에게 다섯 마리의 통닭을 나누어야 했습니다. 제 배분방식의 근거는 이렇습니다. 주인어른과 부인, 그리고 통닭 한 마리로 셋이 됩니다. 또 두 아드님에 통닭 한 마리면 셋이 됩니다. 따님 두 분에 통닭 한 마리, 이것도 셋입니다. 그리고 저와 통닭 두 마리면 역시 셋이 되어 모두 공평하게 나누어진 것입니다. 다음으로 이 저녁식사입니다. 저는 우선 주인어른께 닭의 머리를 드렸습니다. 이것은 주인어른이 이 집의 가장이기 때문입니다. 부인께 내장을 드린 것은 부인이 풍요로움의 상징이기 때문이요, 또 아드님께 허벅다리 부분을 드린 것은 두 사람이 이 집의 기둥이기 때문입니다. 따님들께는 날개를 드렸는데, 두 분은 장차 출가하여 남의 집에서 살게 되기 때문입니다. 저는 몸통을 먹었습니다. 이것은 제가 배로 이 도시에 와서 돌아갈 때도 배로 갈 것이기 때문입니다."

젊은이의 설명을 듣고 난 주인의 입에서 감탄사가 흘러나왔다.

"훌륭하오. 과연 현명하십니다!"

주인은 그의 앞으로 꾸러미 하나를 내밀면서 덧붙였다.

"이것이 당신 선친께서 남긴 유산입니다. 당신의 앞날에 신의 가호가 깃들기를……!"

모자 도둑

유대 격언이나 속담들 중에는 수수께끼처럼 알쏭달쏭한 것이 많다.
그 중에 하나로 '도둑놈 머리 위에서 모자가 불타고 있다'는 속담이 있
는데, 이 속담의 의미를 단번에 알 수 있는 사람은 없을 것이다.

한 유대인이 동유럽의 어느 도시를 거닐다가 자기 모자를 도둑맞았다.
그런데 이 모자는 그 어떤 사람이라도 쓰고 다닐 수 있는 흔해빠진 모
자였다. 남자가 주위를 둘러보니, 자기 것과 똑같은 모자를 쓰고 있는
사람이 몇 명 눈에 띄었다. 하지만 모두 그게 그것처럼 보여서 도무지
찾아낼 길이 없었다.

이때 머릿속에 묘안이 떠올랐고, 유대인이 큰 소리로 외쳤다.

"도둑놈 모자에 불이 붙었다!"

이때 맨 먼저 자기 모자를 만져보는 자가 있었는데, 그가 바로 모자를
훔쳐간 도둑이었다.

유머의 특징

히틀러가 점성술사를 찾아가 상담했다. 독재자인 그는 암살에 대한 극도의 공포심을 갖고 있었다.

점성술사가 말했다.

"당신은 유대인의 축제일에 암살될 것입니다."

이에 히틀러는 그 자리에서 친위대 사령관을 불러 지시했다.

"앞으로 유대인의 축제일에는 경비를 열 배, 아니 50배 증원토록 하라."

그러자 듣고 있던 점성술사가 다시 입을 열었다.

"그런 정도로는 아무런 도움도 되지 않습니다."

"뭐라고? 그럼 경비가 더 필요한가?"

"그게 아닙니다. 왜냐하면 당신이 암살되는 날이 바로 유대인의 축제일이 될 테니까요."

이 유머가 재미있는 것은 모든 유머의 공통점인 의외성 때문이다. 우리는 보통 규격에 맞는 생활을 하고 있으므로 의외성이 깃든 사건이나 이야기와 부딪히면 웃음을 터뜨리게 된다.

위엄을 갖춘 사장이 바나나 껍질에 미끄러져 넘어졌다. 그 광경을 본 사람은 모두 폭소를 터뜨리는데, 바로 의외성 때문이다. 잔뜩 위엄을 떨어대던 사장이 나뒹군다는 사실은 생각만 해도 즐겁지 않은가? 꼴이 사나우면 사나울수록 더 우습다. 권위는 종종 거짓된 꾸밈을 하고 있다. 그것이 적나라하게 폭로되는 것이다.

웃음은 반항적인 것이기도 하다. 어떤 일에 골몰하고 있으면 웃음이 나오지 않는다. 유대인은 항상 권위를 의심하는 것이 중요하다는 교육을 받아왔다. 권위를 대수롭지 않게 여기는 것이 유대인의 힘으로 간주되어왔다. 프로이트와 아인슈타인이 새로운 학설을 발견할 수 있었던 것도 그때까지의 학설의 권위를 의심했기 때문이다.

조크나 유머는 창조력을 고양하는 더없이 훌륭한 도장이다. 그래서 유대인은 아이들이 어릴 때부터 웃음이 지닌 힘에 대해 가르친다. 불굴의 정신력과 의외성, 그리고 권위를 인정하지 않는 정신을 몸에 배도록 한다. 유대인에게서 성서를 빼앗아버리면 유대인답지 않게 된다. 마찬가지로, 유대인에게서 유머를 빼앗는다면 유대인이 아닌 것으로 되어버린다.

어쨌든 조크나 유머는 대상을 객관화함으로써 발생한다. 그 속에 비판정신이 없다면 효과적인 유머가 될 수 없다. 소비에트의 반체제파(反體制派)에 비탈리 긴즈부르크 등과 같은 유대계가 많은 것도, 또 미국의 작가들 가운데 유대계 작가(필립 로스, 노먼 메일러 등)가 독보적인 위치를 차지하는 것도 이런 유대인 특유의 비판정신이 기초가 되었기 때문이다.

질문에 대한 질문

유대인은 질문을 즐기는 민족이다.

그들의 두드러진 특징 가운데 하나가 항상 의문을 제기하는 것이다. 그래서 '어떻습니까?' 라고 물으면 '나는 어떻게 하면 좋을까요?' 라든가 '대체 내가 어떻게 해야 좋다고 생각하십니까?' 라는 질문으로 돌아오게 마련이다. 그래서 생겨난 말이 '유대인에게 질문하면 질문으로 돌아온다' 이다.

『탈무드』는 이와 같은 의문으로 이루어져 있다. 『탈무드』는 1,000여 년 동안 매년 수만 명의 랍비가 다양한 일과 현상에 대해 의문을 가지고 서로 질문을 던지고 회답한 것을 집대성한 것이다.

모든 유대인은 탈무드적이다. 물론 이와 같은 발상이나 의문을 제기하는 방법은 그들이 사리를 분간할 수 있을 때부터 탈무드적인 교육을 받아왔기 때문일 것이다.

유대인 조크 중에 미국에 사는 한 유대인이 검사의 심문을 받는 이야기가 있다.

"이름은?"

"어떤 이름이 좋을까요? 헨리 로젠입니다."

"주소는?"

"어디에 살았으면 좋을까요?"

그는 이렇게 먼저 질문을 하고 나서 자기 집 주소를 댔다. 그리고 검사로부터 질문을 받을 때마다 매번 그런 식이었다. 급기야 심문하던 검사가 화를 내며 소리쳤다.

"이보시오. 질문은 내가 하고 있는 거요. 질문마다 분명하게, 그리고 솔직하게 답변하시오. 그러지 않으면 당신은 '법정모독죄' 로 기소될 것이오."

그러자 유대인이 물었다.

"어째서요?"

검사가 다시 한 번 소리쳤다.

"내 질문에 질문을 하지 말라고!"

"왜요?"

유머는 강력한 무기

유머는 오늘날 성공이나 인간관계에서 매우 중요하게 여겨진다. 그러나 웃음이나 유머는 예로부터 강한 자만이 갖출 수 있는 것이다. 인간이 갖추고 있는 힘 가운데 가장 강력한 것 중 하나가 바로 유머였다.

웃음은 '백약(百藥)의 왕(王)'이라 일컬어진다. 웃음은 괴로운 마음을 위로해준다. 활기찬 웃음은 확실히 유쾌하다. 그러나 웃음의 효력은 이 정도가 전부는 아니다. 이 유머를 유효적절하게 다루면 강력한 무기도 될 수 있기 때문이다.

유머가 재미있는 까닭은 일정한 규격을 벗어나기 때문이다. 규격을 벗어난다는 것은 여유가 있음을 말해준다. 여유가 있다는 사실이야말로 유머를 즐길 가능성이 있는 것이다.

그리고 고도의 유머는 지성(知性)으로부터 나온다. 정말 세련된 유머, 시의적절한 유머는 지적으로 연마된 사람만이 구사할 수 있는 것으로 듣는 상대방 역시 지성이 갖추어져 있지 않으면 안 된다.

유머는 또한 매우 오리지널한 것이어야 한다. 같은 말을 두 번 반복한다는 것은 아무런 호소력이 없다. 듣는 이를 기습하는 듯한 신선함이 요구된다.

유머감각이 있는 사람은 스스로에 대해서도 여유가 있다. 보통사람들은 궁지에 몰려 있을 때 유머러스한 행동을 취하지 못한다. 그러나 유머감각이 있는 사람은 긴박한 상황에 처할지라도 잠깐 한 걸음 뒤로 물러서서 객관적으로 보며 웃을 수 있다. 정말로 궁지에 몰려 전전긍긍하는 사람에게 여유란 생겨날 수 없다. 한 걸음 떨어져 사물을 객관적으로 볼 수 있는 사람만이 해결책을 갖고 있다.

유머는 이성을 잃지 않게 하는 약이다. 흥분하여 피가 머리로 솟구친 사람한테서는 웃음도 유머도 찾아볼 수 없다.

유대인은 항상 웃음과 유머를 중요하게 생각해왔다. 유대인은 '책의 민족'이라 불리고, '웃음의 민족'이라고도 불린다. 역사를 통해 가혹한 박해를 받아왔음에도 끈질기게 살아남은 것은 그들이 웃음의 효용성을 알고 있었기 때문일 것이다.

그들은 어떤 궁지에 몰리더라도 웃음으로 중화시키며 견뎌왔다. 그들은 또 자신들에 대해서도 충분히 웃고 즐길 수가 있었다. 즐거울 때는 말할 것도 없고, 괴로울 때에도 웃었다.

다른 민족에게 조크는 일시적인 기분풀이 정도로만 여겨지고 있다. 한낱 기호품 정도로밖에 취급되지 않는 것이다. 그러나 유대인들은 웃음을 주식(主食)으로 생각하고 있다. 헤브라이어 에서는 영지(英智)와 조크가 똑같이 '호프마' 라는 말로 표현된다.

성서도 즐긴다

유머와 조크는 유대인이 살아남는 데 강력한 무기
역할을 해왔다. '마지막에 웃는 자가 가장 잘 웃는
자'라는 속담이 있는데, 유대인만큼 이것이 옳다는
것을 증명한 민족도 없다. 웃음이란 승자에게만 주
어지는 특권이지만, 유대인은 패배 속에서도 웃음
으로 그 억압을 해소했다.

『토라』는 유대인에게 가장 소중한 존재다. 이것은
신의 가르침이자 절대 순종해야 하는 권위인 것이
다. 그러나 유대인은 '퓨림 토라'라고 하여, 한 해
에 한두 번은 이 성스러운 『토라』에 대해 농담도
하고 웃을 수 있는 날을 가졌다.

실제로 『토라』를 위한 축제일인 '심하트 토라'가
되면, 모두가 『토라』를 들고 춤을 추기도 하고 두
루마리 형태의 그것을 들고 행진을 벌이기도 한
다. 또 이날만큼은 술도 마시고 마음껏 즐기면서
유쾌하게 보낸다. 물론 어느 정도의 한계 내에서.

인간은 너무 엄격한 것에 사로잡혀 있으면 자유로운 정신을 잃어버리
고 만다. 한계 내에서라고 하지만 스스로가 가장 성스럽게 숭배하는 것
에 대해 농담을 나눌 수 있다는 것은 인간이 한층 더 비약하거나 사고
를 발전시키는 데 매우 중요한 태도다. 규율이 지나치게 엄격한 곳에서
는 새로운 것을 발견할 수 없는 것이다.

몇 번이나 전멸의 위기에 처할 때마다 유대인들은 웃었다. 그래서 오늘날까지 살아남은 것이다. 모든 인간사가 이와 똑같다. 매사를 지나치게 진지하게만 생각하는 인간은 외곬에 빠지기 쉽고 결국은 실패하게 된다.

사람은 세상일에 대해 웃을 뿐만 아니라 자기 자신에 대해서도 유머를 발산할 수 있는 마음가짐을 지니고 있어야 한다. 확고한 자아를 지니고 있어야 세상을 냉정하게 바라볼 수 있으며, 고도의 문화를 지닌 민족일수록 유머감각이 발달해 있는 것이다.

유머란 결코 사물을 과장하거나 한번 웃어넘기는 데 그치는 것이 아니다. 그 속에는 무서운 진실이 숨어 있다. 문화나 교육수준이 낮은 사람은 남을 저주하거나 폭력에 의존한다. 하지만 교육수준이 높아지면 상대방을 저주하거나 폭력을 행사하는 대신 웃음으로 스트레스를 해소한다. 유대의 조크는 이런 면을 갖고 있다.

유대인은 신을 그리스도교도처럼 두려워하거나 무서워하지 않는다. 그들의 신은 그리스도교도가 상상하듯이 너무나 멀고 경배해야 하는 대상이 아니기 때문이다. 그리스도교도의 신은 사람들 위에 엄숙하게 군림한다. 그러나 유대인은 신에 대한 조크까지 서슴없이 말할 수 있다.

비밀에 대한 경계

한 개인의 가치는 어떤 비밀을 얼마나 잘 지키느냐로 그 사람을 믿을 수 있는가를 테스트하는 것이다.

일단 비밀을 지니면 누구나 그 비밀을 말하고 싶어지는 것이 인간의 심리다. 비밀을 알고 있음으로써 남들로부터 주목을 받을 수 있다. 누구나 비밀을 좋아하고 누구나 남들로부터 주목받는 인물이 되고 싶어한다. 비밀을 말할 때 주목을 받게 되므로 위대해 보인다. 그러나 남한테서 들은 비밀을 또 다른 타인에게 누설한다는 것은 비밀을 밝힌 상대의 신뢰를 배신하는 결과가 된다.

이븐 가비롤이라는 랍비가 말했다.

"비밀이 당신의 손안에 있는 한 당신은 비밀의 주인공이지만, 입 밖으로 나온 다음에는 당신이 비밀의 노예가 된다."
이외에도 비밀 누설을 경계하는 충고는 수없이 많다.

- 세 사람 이상 알고 있는 비밀은 이미 비밀이 아니다.
- 만약 당신이 세 사람에게 비밀을 말하면 바로 열 사람이 그 비밀을 알게 된다.
- 비밀을 듣기는 쉽지, 자기만 간직해두기는 어렵다.
- 술이 들어가면 비밀은 새어나간다.
- 당신의 친구는 또 다른 친구들을 갖고 있다.

유머는 마지막 여유

성서에도 등장하는 '모세'는 유대 민족에게 흔하디흔한 이름이다.
미국 뉴욕에 모세라는 매우 엉뚱한 유대인이 살고 있었다. 허풍이 심한
그가 어느 날 유대인이 아닌 한 친구에게 이렇게 큰소리쳤다.
"이 세상에 나를 모르는 놈은 없어. 만약 나를 모른다는 녀석이 있으면
5달러를 걸겠어!"
유대 민족에 대한 이해가 부족했던 친구는 흔쾌히 내기에 응했다.
두 사람이 먼저 단골 바에 들어가자 바텐더를 위시하여 그곳에 모여 있
던 손님들이 일제히 아는 체했다.
"어이, 모세!"
"모세, 잘 있었나?"
친구는 하는 수 없이 모세에게 5달러를 주었다.

두 번째로 당구장에 갔다. 그곳에서도 마찬가지로, '모세!' 하고 모두가 소리쳤다. 그래서 다시 5달러를 잃었다.

졸지에 10달러를 빼앗긴 친구가, 이번에는 10달러를 걸고 한 상점에 들렀다. 그런데 그곳에서도 다들 '여, 모세!' 하고 불렀으므로 10달러를 더 잃고 말았다.

이에 모세가 더욱 큰소리를 쳤다.

"소용없어! 설사 국회의사당엘 가도 다들 나를 알아본다고!"

그래서 이번에는 20달러를 걸고 워싱턴으로 갔다. 그런데 국회의사당에 들어서자 로비에 있던 의원이나 비서들까지도 모두 모세를 알아보고 아는 체했다.

모세는 더욱 의기양양해했고 친구는 점점 오기가 생겼다. 그래서 이번에는 100달러로 올리고 로마로 향했다. 신기하게도, 그곳에서도 역시 모두들 모세에게 말을 걸어왔다. 그런데 바티칸에 당도하자 성 피에트로 광장의 인파로 너무나 혼잡하여 친구는 군중 속에서 모세와 어긋나 버렸다.

때마침 멀리 올려다 보이는 발코니에 교황이 나타나고, 사람들은 아낌없이 환호와 갈채를 보냈다. 친구도 발돋움을 하여 교황을 보려고 하는데, 한 이탈리아인이 그에게 물었다.

"실례합니다만, 저 모세 옆에 서 있는 하얀 주케토(교황의 모자)를 쓴 사람은 누구죠?"

물론 하얀 주케토를 쓴 사람은 교황이었다.

이 유머는 유대인이 그리스도로부터 얼마나 박해를 받아왔는지를 함께 생각하지 않으면 그 내막을 알 수가 없다. 유대인을 가장 심하게 박해해온 것이 가톨릭이며, 그 가톨릭의 신자인 이탈리아인이 교황을 가리키며 '모세 옆에 있는 사람이 누구냐?'고 묻는 대목에 그 진수가 있는 것이다.

유대인의 유머에는 그들의 생활을 나타내는 것도 많다. 예컨대 유대사회에서는 자선이 관용이나 기분풀이가 아니라 신에 대한 의무다. 부자가 가난한 사람에게 자선을 베푸는 것은 신에 대한 의무라고 배워온 것이다.

남의 자선을 받아 살아가야 하는 가난한 유대인을 '슈메어'라고 하는데, 부자를 찾아가 당연하다는 듯이 자선을 받아내는 슈메어도 많다. 그 중에는 이렇게 말하는 사람도 있다.

"내가 오히려 당신에게 좋은 일을 하고 있는 것이오. 당신은 내게 자선을 베풂으로써 신에 대한 의무를 다하고, 또한 당신에게 미츠바를 행하게 하니 말이오."

미츠바란 좋고 올바른 행위를 말한다.

오래 전부터 유대인들에게는 '돈을 주기보다는 직업을 알선해주어야 한다', 즉 지역공동체는 가난한 사람을 위해 일자리를 마련해주어야 한다는 사고방식이 정착되어 있다. 인간은 단순히 생을 영위하는 데 그치는 것이 아니라 스스로의 명예와 자존심을 지킬 권리가 있다고 생각해왔기 때문이다.

세련된 해학

유대 민족은 다른 어느 민족보다도 해학과 기지를
중시한다. 그래서 조크나 수수께끼를 중요하게 여
긴다.

그들은 조크나 수수께끼를 머리를 연마하는 숫돌
이라고 생각했다. 그래서 가족들이 모인 저녁 식탁
앞에서 아버지가 자녀들에게 여러 가지 수수께끼
를 낸다. 그리고 성인이 되어서도 조크를 멈추지
않는다.

조크는 단순히 웃음만 안겨주는 것이 아니다. 이것
은 의외의 반전(反轉)효과가 있어서 두뇌활동을 민
활하게 해준다. 아마도 두뇌라고 하는 기계에 넣어
주는 윤활유라고 생각하면 좋을 것이다.

『미드라시(midrash)』에는 다음과 같은 전형적인
이야기가 있다.

어느 돈 많은 유대인이 병에 걸렸다. 자신의 죽음이 가까워졌음을 안
그는 노예에게 유서를 받아쓰게 했다.

"이 유서를 내 아들에게 전해주는 충직한 노예에게, 나의 전 재산을 남
긴다. 내 아들에게는 나의 모든 소유물 가운데 단 한 가지만 선택할 권
리를 남긴다."

유서 구술을 마친 유대인이 죽자 졸지에 엄청난 부를 거머쥐게 된 노예
는 뛸 듯이 기뻐하며 그 유서를 랍비에게 보여주었다. 그러자 랍비는

노예와 함께 망자의 아들을 찾아갔다.

"당신의 아버지는 모든 것을 노예에게 주라고 했고, 당신한테는 오직
한 가지 물건만 선택하라 하셨소. 자, 어떤 것을 선택하겠소?"

그러자 그 아들은 별다른 고민 없이 딱 잘라 대답했다.

"그럼 내가 이 노예를 상속받기로 하지요."

아들은 노예를 소유함으로써 아버지의 전 재산을 물려받을 수 있었다.

아마도 아버지가 그런 유언을 남기지 않았다면, 노예는 재산을 마음껏
처분해버리고 아들에게도 전해주지 않았을 것이다.

유머의 페이소스

율법을 실천하는 유대인은 전 세계를 통틀어 뛰어난 민족으로 인정받아왔다. 그렇다고 그들이 자신들의 율법만 고집하며 경직된 삶을 이어오고 있다고 판단해서는 안 된다. 그들은 어느 민족보다도 조크를 즐기며 유머를 생활화하고 있다.

유대인에게 유머란 단순한 우스개 소재에 그치는 것이 아니라 세계 각지의 유대인들을 하나로 결속시키는 부호와 같은 것이다. 헤브라이어나 이디시어와 마찬가지로 유머는 또 다른 언어로서 전 세계에 흩어져 살고 있는 유대인을 결속시켜왔다.

유대 속담 중에 '고난은 웃음을 낳는다'는 말이 있다. 그들은 괴로울 때나 고통스러울 때 웃음을 통해 구원의 빛줄기를 찾았다. 재산을 잃고 살던 집을 빼앗겨 낯선 곳을 헤매야 할 때도 서로 유머를 즐기고 웃음을 나누면서 자신들의 정체성을 지켜온 것이다.

유머란 그런 것이다. 한 번의 웃음은 자기뿐만 아니라 자기를 둘러싼 세계를 밝히는 횃불 같은 마력을 지니고 있기 때문이다.

유대인의 조크는 단순히 웃고 즐기는 데 그치는 것이 아니다. 역사적으로 그들이 어떠한 삶을 강요당해왔는지를 투영한 것으로 볼 수 있다. 실례로 이런 조크가 있다.

유대인이 처음 미국에 건너왔을 무렵, 그들에게 야구는 무척 생소하고 신기한 게임이었다. 어느 유대인 집의 아이가 밖에서 돌아와 말했다.

"아빠, 오늘은 다저스가 양키스를 이겼어요!"

그러자 아이의 아버지는 이렇게 되물었다.

"그게 유대인에게 좋은 일이냐?"

여러 지역을 전전하며 쫓기듯이 살아온 유대인에게 무슨 일이 벌어지면 우선 묻는 것이, '그게 유대인에게 좋은 일인가?' 하는 것이었다.

이런 식의 유머는 유럽에서의 그들의 삶을 알지 못한다면 잘 이해되지 않을 수도 있다. 히틀러는 유대인을 대량 학살하기 전에 먼저 그들의 재산을 몰수한 후 국외로 추방해버렸다. 당시의 유대인들은 추방에 대한 공포뿐 아니라 자신들을 받아줄 나라가 많지 않다는 사실이 고통이었다. 미국 역시 유대인 이민자 수를 엄격히 제한하고 있었기에 입국이 힘들었다. 영국의 위임통치지구였던 팔레스타인도 유대인을 받아주지 않았다.

당시 한 유대인 가족이 국경에서 독일의 출입국 관리관과 대화를 했다. 출입국 관리관은 양심상 유대인을 동정했지만 자신의 직무상 어쩔 도리가 없었다.

유대인 가장이 그에게 물었다.

"우린 어디로 가면 좋을까요?"

그러자 관리관이 옆에 놓인 지구본을 가리키면서 하나하나 짚어나갔다.

"이 나라는 이민을 받아주지 않기 때문에 안 되겠고, 여기는 지금 경기가 나빠 외국인을 받아들이지 않고, 여기는 사막지역이고……."

이때 그 유대인 식구의 아이가 이렇게 되물었다.

"아저씨, 그것 말고 다른 지구는 없나요?"

이처럼 유대인의 유머에는 그들 민족의 짙은 페이소스가 깃들어 있다.

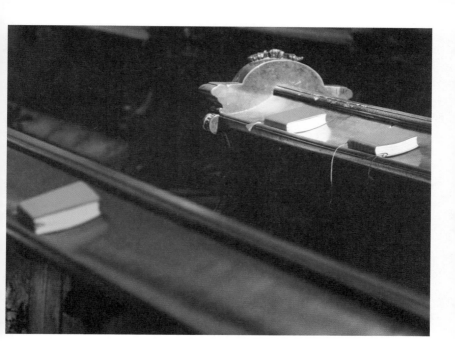

유대인의 고집

유대인은 예의상 상대방의 의견에 동조하는 경우가 없다. 그들은 지나
칠 정도로 독립심이 강하다. 그래서 유대의 조크에도 '유대인 둘이 모
이면 세 가지 다른 의견이 나온다'는 말이 있다.

배를 타고 여행하던 한 유대인이 배가 난파되어 홀로 무인도에 떨어졌
다. 그는 혼자서 모든 난관을 해결하며 목숨을 연명했고, 구조의 날을
기다리다 몇 해가 훌쩍 지나갔다. 어느 날 그 섬 가까이로 유대인의 배
가 지나가다가 인간이 살고 있음을 확인했다. 그래서 보트를 내려 섬을
탐색하는데, 얼마 후 한 유대인이 해변으로 뛰어나왔다.

"샬롬! 샬롬!"

그는 감격해하며 선원들을 얼싸안았다. 그러고는 훌륭하게 꾸며진 자신의 집과 정원으로 그들을 안내하며, 자기가 시나고그까지 만들었다고 자랑했다. 그리고 언덕 너머에도 시나고그를 만들어 시나고그가 두 곳이지만, 언덕 너머의 시나고그가 싫어 이쪽 시나고그에서 기도를 올린다고 말했다.

이것은 유대인에게도 자기가 좋아하는 시나고그와 싫어하는 시나고그가 있으며, 마음에 드는 시나고그만 고집한다는 조크다. 시나고그는 집회소이자 예배당이므로 원칙적으로 좋고 싫음을 구분할 필요가 없음에도 일상생활 속에서 그런 구분을 행하고 있음을 풍자한 것이다.

유대인의 시계

시어도어 라이트가 만든 연극의 한 장면에 이런 것이 있다.

한 유대인 시계상은 12시가 될 때마다 가게 안의 시계를 모두 12시에 맞추려 하지만, 도무지 맞지가 않는다. 모두 조금씩 종을 빨리 친다. 유대인인 시어도어 라이트는 이 연극을 인간을 상징하는 이야기로 썼다. 유대인은 시간에 정확성이 없다는 평이 있다. 이것은 그들 고유의 특질 가운데 하나이지만, 그렇다고 그들이 언제나 늦기만 하는 것은 아니다. 실례를 하나 들어보자.

작은 영토를 지닌 이스라엘은 상비군(常備軍)의 숫자도 그만큼 적다. 그러나 일단 전쟁이 터지면 어떤 직업에 종사하느냐를 불문하고 남녀

노소가 총동원되어 순식간에 부대원이 늘어난다. 이때의 동원은 분초(分秒)를 다투면서 정확하게 행해져야 하는데, 이스라엘은 곧잘 그것을 해냈던 것이다.

또 일상생활을 살펴봐도 마찬가지다. 유대인은 아침과 일몰이라는 정해진 때에 기도를 하므로 시간을 잘 지켜야 한다. 그리고 아침 기도 때는 머리나 팔에 작은 상자를 부착해야 한다.

한 우주선에 가톨릭 신부와 개신교 목사, 그리고 유대교의 랍비가 함께 탑승해 지구 궤도를 돌고 나서 무사히 귀환했다.

먼저 가톨릭 신부가 의기양양하게 우주선을 빠져나와 기자들 앞에서 말한다.

"신께 영광 있으라. 참으로 훌륭한 체험이었소."

뒤이어 개신교 목사도 한마디 한다.

"신은 위대했소. 나는 일찍이 이처럼 훌륭한 체험을 한 적이 없소."

그러나 유대교의 랍비는 밖으로 나오지 않는다. 기자들이 의아해하며 우주선 안을 살펴보니, 랍비는 우주선 한구석에 거의 숨이 넘어갈 듯이 쓰러져 있는 게 아닌가.

"랍비님, 정신 차리세요!"

기자들이 소리치자 그제야 랍비는 아무런 기력도 없는 낯빛으로 우주 선에서 기어나온다.

"대체 어찌된 일입니까?"

기자단의 물음에 랍비가 입을 연다.

"이 우주선은 18분마다 지구를 돌았으므로 그때마다 나는 이 상자를 머리 위에 얹고 기도하지 않으면 안 되었소."

그것을 24시간이나 했으니, 머리가 이상해지고 기진맥진해하는 것도 당연한 일이다. 유대인은 시간관념이 부족하다는 말과 달리, 랍비는 해 가 뜰 때와 질 때마다 정확하게 기도를 올린 것이다.

유대인을 말한다

2

허리를 굽히면 진리를 줍는다

하시디즘의 창시자 바알 셈 토브는 역설했다. 진리는 어디에나 있으며, 모름지기 인간은 겸허해야 한다고.

그의 제자가 물었다.

"스승님께서는 진리가 어디에나 있다고 하시는데, 그렇다면 진리란 길바닥에 나뒹구는 돌멩이처럼 흔한 것입니까?"

"그렇다."

토브가 말했다.

"그래서 누구나 주울 수 있는 것이다."

"그런데 사람들은 어째서 그걸 줍지 않죠?"

토브가 말해주었다.

"진리라는 돌멩이를 줍기 위해서는 우선 허리를 굽히지 않으면 안 된다. 문제는 사람들이 그것을 줍기 위해서 허리를 굽히지 않는다는 거지."

'바알 셈'은 신으로부터 특별한 능력을 하사받은 인물이란 뜻으로, 매우 영광된 칭호다. 18세기 동유럽에서 활동한 그는 1만 명이나 되는 제자를 거느렸던 큰 랍비였다.

한 폭의 천

전 세계의 유대인은 마치 한 폭의 천처럼 잘 짜여 있고, 이 천을 떠나서는 존재할 수 없다. 이것이 '하베림 콜 이스라엘(유대인은 모두 형제다)'이다.

고대 유대의 형법(刑法)에 의하면, 한 개인이 법정에서 유죄를 인정받을 경우 그가 속한 지역사회와 공동체가 공동으로 그에게 죄가 있다는 것을 입증하지 않으면 안 된다고 규정하고 있다. 이것은 모든 부정행위와 범죄가 그 사회의 공동책임이라는 사고방식에 바탕을 두고 있으며, 죄인의 고백은 그 사회 전체의 고백으로 받아들여지는 것이다. 곧 공동체란 그 구성원 전원에 대해서 사회적인 연대책임이 있다는 것으로, '기드시 하셈'을 다른 측면으로 해석한 것이라고 할 수 있다.

'기드시 하셈'이란 개개인이 유대인다운 올바른 행동을 한다는 것인데, 반대로 사회공동체가 각각의 개인에게 올바른 행동을 강요할 책임이 있다고도 볼 수 있다. 그들이 자선을 중시하는 것도 이와 같은 발상에서 출발하는 것이다.

서양에서 인간이란 자신에 대해 스스로 책임을 져야 한다고 생각하고 있다. 이것이 곧 서구의 개인주의다. 개개인은 각자 독립되어 있으며, 이 개인주의 앞에 공동체의 일원이라는 연대의식은 매우 희박하다.

서구사회에서 인간이란 각기 다른 개성을 지녔고 별개의 삶을 누리며, 사

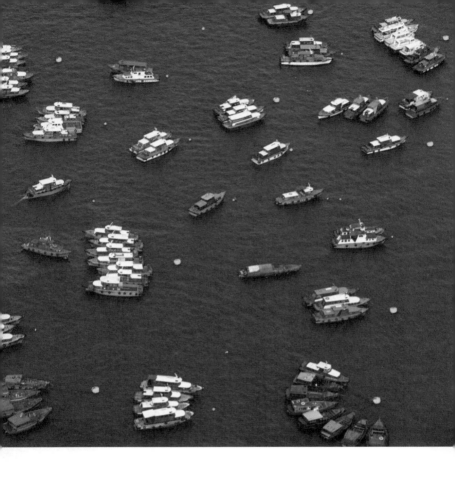

회는 서로 다른 개성의 집단이라고 생각된다. 그러나 유대인은 전혀 다르다. 유대라는 전체 사회 속에서 일원이 되어야 유대인이 되는 것이다.

『탈무드』에 이런 말이 있다.

'만약 부모가 자식을 올바르게 기르지 못했거나 그와 같은 환경에 아이를 두지 못했을 경우, 그 아이가 저지른 범죄는 사회 전체가 책임을 져야 한다.'

평화를 사랑하는 유대인

유대인은 단결심이 무척 강하고 자신들의 전통문화에 대해 높은 긍지를 지니고 있다. 이때 전통적인 문화에 대한 긍지란 자신들이 정의(正義)라고 믿는 것에 대한 확신을 말한다.

『토라』는 유대인의 역사서이자 인류의 발상을 설명한 책이다. 『토라』의 시초는 『창세기(創世記)』이며, 신이 세상을 만들고 최초의 인간 아담을 흙으로 빚었다고 서술하고 있다. 이것이 뜻하는 중요한 의미는, 아담은 최초의 인간이지만 최초의 유대인은 아니라는 사실이다. 최초의 유대인은 그후에 등장하는 아브라함이다.

『창세기』에는 또 신이 아담의 갈비뼈로 이브를 만들었다는 이야기가 나온다. 즉 지상의 모든 인류가 아담으로부터 파생되었다는 것을 가르쳐준다. 민족이나 혈통에 관계없이 인간은 모두 아담으로부터 나왔으므로 흑인도 백인도 황색인도, 키 큰 사람도 키 작은 사람도, 뚱뚱한 사람이나 야윈 사람이나 모두 형제임을 가르치고 있다.

유대인은 평화를 무엇보다도 귀중한 것으로 생각하고 있다. 탈무드 시대부터 '인류는 모두 형제' 라는 가르침을 받아왔으므로, 같은 인간끼리 다툰다는 것은 신의 가르침에 위배되는 것으로 생각해왔다. 유대인은

누군가를 만나면 먼저 '샬롬'이라고 인사하는데, 바로 '평화'라는 뜻이다. 성서의 '그대 이웃을 사랑하라'는 말은 유대인의 마음 그 자체다. 『탈무드』는 말하고 있다.

'결코 다투지 마라. 이웃과 항상 평화롭게 지내라. 즐거운 자리에 이웃을 초대하라. 국적이 어떠하든, 부자든 가난한 자든, 모두 벌거숭이로 태어나 똑같이 마지막에는 흙으로 돌아간다.'

유대의 역사에는 군인으로서의 영웅이 등장하지 않는다. 현재의 이스라엘을 이끄는 국방상이 국민적인 존경을 받는 경우는 있지만, 유대인이 무기를 잡게 된 것은 자신들의 생존이 위협받았기 때문이다. 물론 히틀러 지배 하의 유럽에서 일어난 바르샤바 봉기(蜂起)를 보면, 저항을 위해 일어선 '다얀' 같은 전투적인 영웅은 많다. 그러나 군인을 우상화하는 경우는 없었으며, 압박을 받지 않는 한 무기를 잡으려 하지 않았다. 그들은 폭력을 경멸해왔다. 이것은 동물에 대한 그들의 사고방식을 봐도 알 수 있다. 유대의 계율에는 동물의 도살법이 상세하게 정해져 있다. '세히타'라 불리는 이 도살법은 동물을 죽이면서도 고통을 주지 않아야 한다는 것이다. 이것은 매우 엄격히 지켜졌는데, 이 도살법을 올바로 이행했는지를 랍비가 확인하도록 되어 있을 정도다.

유대인은 동물 학대행위를 신경질적일 정도로 혐오한다. 세계 어느 나라에나 있는 동물애호협회가 이스라엘에는 없는 것도 그 반증이라 할 수 있다. 당연히 즐기기 위한 수렵행위도 없다.

유대계 시인으로 유명한 하이네는 이렇게 말했다.

"유대인은 역사를 통해 수없이 많은 수난을 당해왔으나, 유대인이 몰아세운 일은 동물에게조차도 없다."

유대인의 문화

전 세계 인류 중에서 유대인은 남한 인구의 4분의 1밖에 안 되지만, 세계 속에서 일찍이 그들처럼 화제가 된 민족도 없다.
노벨상 하나만 보더라도 물리학 · 화학 · 의학 분야 수상자들 가운데 12퍼센트 이상이 그들이다. 그들이 종교 · 과학 · 문학 · 음악 · 경제 · 철학 분야에서 인류에게 끼친 공헌도는 이루 헤아리기 힘들 정도다. 이와 같은 유대인의 지혜와 힘의 원천은 대체 무엇인가?

인류 역사상 뛰어난 문화는 수없이 존재해왔다. 그러나 그토록 찬란했다는 고대 그리스 문명도 500년을 넘기지 못하고 사라졌다. 문화는 쇠퇴하고 민족은 영광의 빛을 잃었으며 목축생활로 겨우 연명해야 했다. 이집트 문명도 예외는 아니었으며, 그밖에도 거대한 문화유적으로 유추할 수 있는 위대했던 문명은 헤아릴 수 없이 많았다. 그러나 그들은 모두 멸망의 길을 걸어갔다.

그런데 유대 민족은 어떠한가? 그들은 아무런 유적도 갖고 있지 않다. 아마 유대인의 유적이라는 말조차 들어본 적이 없을 것이다. '구약성서의 백성'이라 불리며 성서와 함께 그 장구한 전통과 역사를 지닌 그들이 말이다. 그들은 문화유적이 아닌 자신들의 문화를 꽃피웠고, 그것이 대를 이어 계승되어왔다.

유대의 역사는 5,000년 이상을 거슬러 올라간다. 그 역사는 성서와 그리스도를 낳았고 이슬람교를 탄생시켰다. 현재 세계 최대의 종교로 자리잡은 그리스도교는 유대교에서 발생한 것이며, 이슬람교 역시 유대교에서 파생된 것이다. 마호메트교는 유대인의 성서(그리스도의 『구약성서』)와 그리스도교가 새로 추가한 『신약성서』를 이슬람의 성서로 삼고 있다. 여기에 마호메트의 말을 기록한 『코란』이 3부작의 마지막 책에 해당되는 것이다. 그리고 한 시대를 풍미했던 사회주의의 창시자 칼 마르크스 역시 유대인이었다. 아인슈타인은 원자력시대를 열어젖혔고, 프로이트는 근대 심리학의 대부로 추대되고 있다.

이렇게 유대인들은 수많은 업적과 성과를 쌓으며 인류에 공헌해왔지만, 안타깝게도 그들은 3,000년 동안이나 나라를 갖지 못하고 떠돌아다녀야 했다. 그들은 바빌로니아인, 그리스인, 로마인, 아랍인 속에서 살아왔다. 그들이 조국 없이 방황하는 동안 바빌로니아, 페르시아, 페니키아, 히타이트 등 강력한 제국이 흥했다가 사라져갔다. 그러나 유대인은 끈질기게 살아남으며 자신들만의 이상에 따라 문명을 꽃피워냈다.

그 오랜 세월 동안 나라 없이 떠돈 그들은 수많은 이민족 문화 속에서도 자신들의 독자성을 잃은 적이 없었다. 그들은 이민족의 언어를 사용해 숱한 업적을 쌓아왔다. 프랑스어, 독일어, 영어, 아랍어, 라틴어, 그리스어 등 세계의 모든 언어가 그들의 언어였다.

유대인 발명가들

헝가리에 다비드 슈바르츠라는 유대인 목재상이 있었다. 그는 비행선 실험을 몇 차례 거듭한 결과 선체를 알루미늄으로 만드는 것이 가장 이상적이라는 결론에 이르렀고, 1890년에 비행선을 만들어 비행하는 데 성공했다. 1897년 프러시아 정부가 이 비행선에 관심을 가졌으나 슈바르츠는 이미 사망한 뒤였다.

10개월 후 프러시아 정부의 한 독일군 장교는 네 시간 동안 시험비행을 단행했다. 실험 결과 비행기가 추락하는 것으로 끝났지만, 이 시험비행을 지켜본 체펠린 백작은 엄청난 관심을 보였다. 그래서 즉시 슈바르츠의 미망인을 찾아가 비행선의 설계도와 특허권을 사버렸다. 훗날 체펠린은 비행선의 대명사처럼 세계적으로 유명해졌는데, 그 이면에는

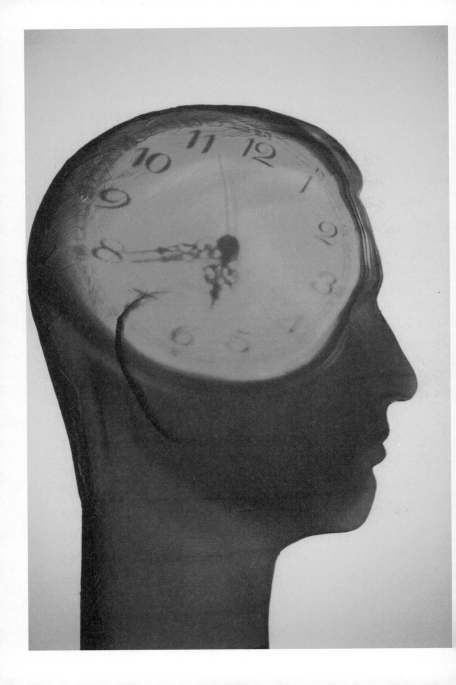

한 유대인의 두뇌가 숨어 있었던 것이다.

세계 최초의 비행에 성공한 사람도 유대인이다. 1891년 여름, 오토 릴리엔탈은 인간으로는 처음으로 하늘을 나는 데 성공했다. 많은 저작을 남기기도 한 그는 유대계 독일인이었다. 훗날 기계를 사용한 비행에 성공한 라이트 형제는 릴리엔탈의 업적을 토대로 자신들의 비행기를 제작했다고 털어놓았다.

또한 1919년 헬리콥터를 발명한 사람도 유대인으로, 헨리 베를리너라는 미국 육군 항공대 소속의 항공사진가였다.

미국 최초의 항공학과를 설치한 것은 뉴욕 대학이었는데, 유대인 부호 구겐하임 가에 의해서였다.

전화를 발명한 사람도 일반적으로 알려진 벨이 아니었다. 독일의 프리드리히스도르프에 가면 필립 라이스의 동상이 서 있는데, 그가 처음으로 전화를 발명했다는 기록이 남아 있다. 가난한 빵집의 아들로 태어난 필립 라이스는 벨보다 15년 앞선 때에 전화를 만들었다. 그가 만든 나무 전화기는 워싱턴의 스미소니언 박물관에 전시되어 있다. 그는 자신이 만든 전화기에 텔레포니아라는 이름을 붙였는데, 이것이 오늘날 텔레폰의 어원이 된 것이다.

구리 합금을 이용한 해저전선으로 장거리전화를 가능케 한 것도 유대인 J. 와이더였다.

유선전신은 1846년 영국의 유대인 요한 루이스 리처드가 발명했다. 또 전파를 발견한 것도 하인리히 헤르츠라는 유대인이었다.

미국의 RCA를 설립한 데이비드 사노프가 유대인이라는 것도 결코 우연은 아니다.

유대인의 지성

유대인은 나라가 없었으므로 힘이 없었다. 그들 민족은 기원전부터 이미 소멸할 위기에 처해 있었다. 사막을 방황하는 유목민이었던 그들은 바빌로니아·아시리아·페니키아·이집트·페르시아와 같은 대제국에 둘러싸여 있었지만, 그들 민족은 결코 사라지지 않았다.

유대 민족이 오늘날까지 살아남을 수 있었던 것은 기적에 가까운 일이다. 재력에 의한 것도, 무력에 의한 것도 아니었다. 오직 불굴의 의지와 지력에 의한 것이었다.

그들에게는 자신들의 문화를 꽃피울 영토조차 없었다. 그래서 전통과 문화를 항상 자신들의 몸에 지니고 다녀야 했다. 전통을 지키고 창의력을 꽃피워내는 데는 한 사람 한 사람, 오직 인간밖에 없었다.

세계 각국으로부터 박해받고 도망쳐 다니는 유대인들에게 행운이 뒤따를 리 없었다. 그들이 모여 사는 거리 어디를 가나 가난하고 불안했으며 위태롭기 짝이 없었다. 극소수의 유대인이 부를 쌓기도 했지만, 대다수의 유대인들은 무력했다.

만약 그들에게 힘이 있었다고 한다면, 그것은 인간으로서 갖추고 있는 힘이었다. 그들의 사고방식·교육방법·종교적 신념 같은 것에서 생겨난 것으로, 이런 힘들은 지성으로부터 우러난 것이었다. 인간의 지성에 의해 발현되고 유지되는 용기와 의지라는 것이 얼마나 강인한 저력을 갖게 하는가를 그들의 역사는 보여주고 있다.

동족경영과 시나고그

가족끼리의 결속이 강한 유대인은 사업도 항상 동족끼리 벌인다. 로스차일드 가의 야곱 시프가 지배인을 맡고 있는 쿤 로에브 상사도 가족회사다. 월가에 있는 리먼 브라더스 은행도 이름 그대로 형제경영이다. 리먼의 친척 중 한 명은 뉴욕 지사를 지내기도 했는데, 그는 루스벨트 집권 당시 정계를 이끌기도 했다.

유대인은 자기 사업이 어느 정도 확장되면 형제를 불러들여 사업에 참여시키고, 더욱 번창하면 또 다른 형제를 불러오는 식으로 가족적인 유대를 중시했다.

그러나 이 가족끼리의 유대와 신뢰는 어디까지나 부산물이다. 유대인은 매사를 가족 단위로 생각하는 동시에 민족 자체를 하나의 대가족이라고 생각하고 있다. 가족 중심이나 민족을 가족으로 보는 사고방식은 아마 유대인과 동양인의 공통점일 것이다.

미국에서 『로스차일드 가』라는 책이 출간되어 수년 동안 베스트셀러가 된 적이 있었다. 이 책은 세계에서도 가장 위대한 국제적 금융가족인 로스차일드 가가 어떤 경로를 거쳐 번영하게 되었는지를 추적한 것이다.

맨 처음 로스차일드 가를 일으킨 사람은 마이어 암셀이었다. 로스차일드라는 이름은 '붉은 방패'라는 뜻이지만, 이것은 그들 일가가 어느 정도의 성공을 거두었을 때 이사했던 집의 이름이다.

그들은 어떻게 하여 그같이 엄청난 성공을 거두었을까? 무엇보다도 그들은 다른 사람이 투자하기를 꺼려하는 곳에 자진해서 투자했으며, 동

시에 매우 경건한 유대교도였다. 그들은 '기드시 하셈' 정신을 깊이 이해하고 올바른 경영을 해나갔기 때문에 사람들로부터 신뢰를 받았다. 바로 이것이 부와 직결된 것이다.

로스차일드 가는 유대인을 박해하는 정부에는 아무리 금리가 높아도 대출을 하지 않았다. 하지만 믿음이 가는 정부에는 금리가 낮더라도 미래를 믿고 투자했다. 로스차일드 은행은 독일에서 출발해 전 세계적인 은행으로 발전했지만, 가족경영체제를 탈피하지는 않고 있다. 로스차일드는 자식들을 영국, 프랑스, 오스트리아, 이탈리아 등지로 보내어 그곳에서 은행을 시작하게 했다. 이 혈연관계는 오늘날까지도 이어지고 있다.

유대인이 자기 민족 자체를 하나의 대가족이라고 생각하는 것은 사업을 매우 유리하게 이끄는 데 큰 힘이 되고 있다. 이 의식은 전 세계의 유대인들을 즉시 협력관계로 이끌기 때문이다. 이것은 그들이 동양의 몇몇 민족처럼 두 개의 가족을 가지고 있기 때문이다. 즉 하나는 자신의 가족이고, 다른 하나는 민족이라는 가족이다.

뉴욕에서 사업을 하는 유대인이 이스라엘에 간다고 가정하자. 도중에 그는 로마에서 내린다. 로마에 도착해 맨 먼저 할 일은 시나고그가 어디에 있는지를 알아보는 것이다. 이것은 그가 경건한 유대교도여서 만사를 제쳐놓고 시나고그에 가서 기도를 하고 싶어서가 아니다. 그는 '가족'의 일원이므로 그 '가족'과 함께 지내고 싶어서이다.

세계 어느 곳의 시나고그든 유대인 여행자가 찾아오면 누구나 그를 자기 집에 초대한다. 이것은 단순한 친근감의 표현일 수도 있으며, 또한 그가 유대 요리밖에 먹지 못한다는 배려에서 출발한 것인지도 모른다. 예를 들어, 로마의 시나고그에 간 유대인이 골드버그라는 사람의 집에 초대되었다고 하자. 집을 방문해보니 초대된 여행자가 자기뿐만이 아니었다. 세계 각지에서 온 다른 유대인 사업가들도 함께 초대되어 있었다. 그럼에도 그는 전혀 놀라지 않는다. 당연한 일이기 때문이다.

그리스도의 교회라면 사람들은 기도에만 참여할 것이다. 그러나 유대인에게 시나고그는 기도는 물론이고 가족을 만나는 장소다. 이곳에서 이야기를 주고받다가 정보를 교환하고, 서로 아이디어를 교환하다가 실제 거래를 맺기도 한다. 그래서 이런 자리는 순식간에 열기 가득한 사업가들의 회합의 장으로 탈바꿈한다.

상식으로부터의 일탈

유대인은 전통적으로 세속의 권위를 억제하려고 노력해왔다. 고대 아시리아나 그리스 등의 국가 왕권은 매우 강력했지만, 유대사회의 왕은 국민의 권리를 보호하는 역할만 했다. 그래서 항상 우상화를 경계했다. 이것은 유대 민족의 위대한 지도자 모세도 예외가 아니었다. 『탈무드』에는 다음과 같은 기록이 남아 있다.

성서에 따르면, 모세는 귀족 가문의 한 사람으로 이집트의 궁전에서 태어나 성장했다. 당시에는 귀족과 노예 신분이 자연스런 일이었다. 일부는 자유인으로 태어나고, 또 다른 일부는 태어날 때부터 노예인 시대였다. 노예와 자유인의 차이는 보잘것없는 쇠붙이와 존귀한 금의 차이처럼 여겨졌다. 쇠를 금으로 바꿀 수 없듯, 노예가 자유인이 된다는 것은 상상조차 할 수 없었다. 그래서 당시의 지배 계급이나 현인들조차 이와 같은 일이 당연하다고 믿고 있었다.

그러나 모세는 자기 일신의 쾌락만 추구하며 살지 않았다. 그는 역경의 굴레에 처해 있는 그들의 처지를 가슴 아파했다. 혹사당하는 노예를 어루만지며 그가 말했다.

"나는 당신들 때문에 괴롭다. 당신들을 위해서라면 죽음이라도 기꺼이 감수하겠다."

이렇게 모세는 노예들의 고통을 함께 나누면서 그들의 운명을 안타까워했다. 그러나 모세가 위대했던 점은 무엇보다도 그가 당시의 상식으로부터 자유로웠다는 것이다.

당시는 인간이 자유인과 노예로 구분된다는 사고방식이 일반적인 상식에 속했다. 그러나 인간은 항상 그 상식의 범주를 의심해보지 않으면 안 된다. 그 일탈로부터 모세가 깨달음을 얻었고, 이스라엘 백성은 그의 인도를 받아 이집트로부터 독립을 쟁취해낸 것이다.

유대의 역사에서 모세는 위대한 지도자였다. 그러나 유대인들이 모세를 지나치게 칭송하지 않는 데는 인간에게 절대적인 권위를 부여해서는 안 된다는 사고방식이 깔려 있기 때문이다.

모체가 된 종교

서양인들은 그리스도교·이슬람교·유대교를 세계의 3대 종교라고 생각하고 있다. 물론 이외에도 불교와 같은 위대한 종교가 있지만 아시아 지역에서만 발달해 있으므로 유럽이 생활권인 사람과는 거리가 있을 것이다.

유대교에서는 이교도들에게 경의를 표하라고 한다. 그리고 유대교를 이슬람교·그리스도교와 동렬(同列)로 생각하지 않는다. 왜냐하면 유대교는 다른 두 종교, 나아가 여러 갈래로 나뉜 종파의 모체(母體)가 되는 종교이기 때문이다. 그리스도교나 이슬람교는 다같이 유대교에서 파생된 것이다. 유대교야말로 세계에서 가장 앞선 종교다.

그리스도교도가 신께 기도하는 것을 영어로 'to pray' 라 하고, 유대인이 신에게 기도하는 것은 헤브라이어로 '히드 파레이르' 라 한다.

'pray' 란 '신께 청한다', '신께 부탁한다' 는 뜻이다. '히드 파레이르' 는 '스스로를 평가한다' 혹은 '자신을 측정해본다' 는 뜻이다.

유대인에게 신이란 결코 맹종을 뜻하지 않는다. 그들이 신에게 기도를 올릴 때는 단지 신의 은총만 청하고 있는 것이 아니라 신의 율법에 비춰 자신의 행위가 옳았는지 아닌지를 스스로 평가하고 있는 것이다.

유대에는 신에 관한 조크가 매우 많다. 왜냐하면 유대인에게 신이란 두려운 존재가 아니라 매우 친근한 존재이기 때문이다.

세계 각지에 흩어져 살아온 유대인들은 이탈리아인이나 독일인, 아일랜드 사람들로부터 '그리스도를 죽인 놈!', '유대새끼!' 같은 욕을 수없이 들어왔다. 그러나 유대인들의 마음속에는 긍지가 가득 차 있었다. 그리스도 역시 유대인이 아니었던가! 어디 그뿐인가. 유대교가 없었다면 그리스도교도 이슬람교도 존재하지 못했으며, 그들이 유대교를 부정한다면 그것은 두말할 나위 없이 자신들의 종교를 부정하는 결과가 되기 때문이다. 이렇듯 유대인들은 자신들의 종교가 다른 종교의 모체가 되었다는 긍지를 지니고 살아가고 있다.

인류를 이끈 유대인

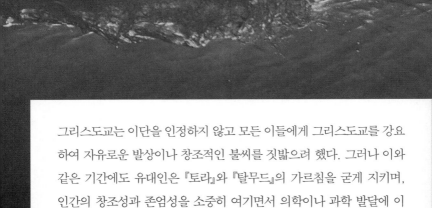

그리스도교는 이단을 인정하지 않고 모든 이들에게 그리스도교를 강요하여 자유로운 발상이나 창조적인 불씨를 짓밟으려 했다. 그러나 이와 같은 기간에도 유대인은 『토라』와 『탈무드』의 가르침을 굳게 지키며, 인간의 창조성과 존엄성을 소중히 여기면서 의학이나 과학 발달에 이바지했다.

유대인은 육체란 '정신의 그릇'이라는 관점에서 특별히 중시하지 않는다. 그러나 육체를 건강하게 유지하는 데는 많은 관심을 쏟아왔다. 이는 『탈무드』의 가르침에 의한 것이다. 랍비는 『탈무드』의 교사였으므로 의사이자 과학자이기도 했다.

그리스도교는 과학이나 의학도 그리스도교의 교의에 대한 이단으로 판단해 무자비한 박해를 가했다. 그러나 유대인의 차원 높은 의학과 과학

지식만큼은 무시할 수 없었다. 로마 교황의 전의가 유대인이었고, 프랑스나 스페인 궁정에서도 유대인 의사를 필요로 했다.

로마에서는 유대인이라면 반드시 부착해야 했던 노란 '다윗의 별'을 의사만은 붙이지 않아도 좋다고 규정했다. 또 1406년에는 로마의 원로원이 한 유대인 의사에게 그리스도교도와 동등한 권리를 갖는 시민권을 부여했다. 그러나 1456년에 접어들자 로마 제국은 일반 유대인 의사의 활동을 금지시키고 예외로 국왕과 영주(領主), 로마 교황만 진료하라는 명령을 내렸다.

중세에 이르러 가장 유명한 유대인 의사는 마이모니데스였다. 그의 이름은 전 유럽의 왕후·귀족에게 소문이 나 많은 사람들이 진료를 받기 위해 찾아왔다. 그는 병 치료기술이 뛰어났을 뿐만 아니라 식사법, 신체를 청결히 하는 법, 건강을 위한 체조 등도 강조했다. 또 약품, 건강법, 정신이상 등에 관한 서적을 많이 남겼는데 그의 업적과 의학정신은 오늘날에도 높은 평가를 받고 있다.

학문에 대한 열정과 진리를 향한 실천은 유럽 전역이 그리스도교에 의한 무지와 암흑에 시달릴 때에도 유대인을 지켜주었다. 유럽에 전염병이 창궐할 때마다 그리스도교도는 절반으로 줄어들었지만, 유대인은 의학과 위생관념이 발달해 있었기 때문에 질병에 걸려도 인구가 크게 줄어들지는 않았다. 그리스도교도는 이와 같은 과학적인 힘을 알지 못하고, 오히려 유대인이 우물이나 강에 독약을 뿌렸기 때문에 질병에 걸렸다며 박해를 일삼았다.

『탈무드』는 언제 어디서나 청결하게 지내야 한다고 반복하여 가르치고 있다. 오늘날에는 상식적인 이야기지만, 옛날 유럽에서 정기적으로 목욕을 하고 식사 전에 반드시 손을 씻은 이들은 유대인뿐이었다. 역사가 증명하는 바와 같이, 유대인은 인류의 빛이었다.

가문은 필요없다

유대인은 가문을 중시하지 않는다. 그보다는 한 사람, 한 사람의 역량을 중시한다.

『탈무드』에는 자기 집안을 자랑하는 유대인과 가난한 양치기의 아들 이야기가 실려 있다.

부잣집 아들이 자기 조상에 대한 자랑을 늘어놓았다. 그러자 듣다 못한 양치기 아들은 이렇게 되받아주었다.

"네가 그렇게 훌륭한 집안의 자손이라면 좋다. 그러나 나의 가계는 나로부터 시작한다. 그러니까 네가 최후의 자손이라면, 나는 최초의 선조인 것이다."

유대사회에서는 집이 커다란 의미를 지닌다. 집의 가치는 학문과 자선, 지역사회에 대한 공헌도로 결정된다. 그 중에서도 가장 중요한 것이 바로 학문이다. 금전적인 부나 사회적 성공은 그다지 중요한 요소가 아니다.

아무리 가문이 좋아도 꼭 학문이 있다고 할 수는 없다. 그래서 양치기의 아들도 부잣집 아들에게 기죽을 필요가 없는 것이다. 실제로 유대의 고명한 랍비는 목수나 석공, 양치기 출신이 적지 않다. 히레르는 목수, 아키바는 양치기였다.

신의 명예를 존중하라

『미드라시』에는 시몬이라는 랍비가 아랍 상인으로부터 나귀를 산 이야기가 나온다.

랍비 시몬이 아랍인에게서 나귀 한 필을 샀다. 그런데 얼마 후 그 나귀를 살펴보니 갈기 옆에 값비싼 보석 하나가 장식되어 있었다. 물론 나귀를 살 때는 보지 못했던 것이다. 보석을 발견한 랍비는 즉시 아랍 상인을 찾아가 그 보석을 돌려주었다. 그러자 아랍 상인이 몹시 놀라며 칭송했다.

"당신의 신이야말로 칭송을 받으리라."

이 이야기는 유대인이 아이들에게 '기드시 하셈'을 가르칠 때 흔히 인용하는 우화다.

'기드시 하셈'이란 말은『토라』에서 유래한 말로, '신의 명예를 존중한

다'는 뜻이다. 이 말은 이민족으로부터 끊임없이 박해를 받아온 유대인의 오랜 역사를 통해 거의 날마다 사용되어왔다.

신에 의해 선택된 유대 민족은 어떤 상황에서도 신의 이름을 더럽혀서는 안 된다. 그리고 남에게 멸시를 당해서도 안 되며, 멸시를 받을 만한 행동도 하지 말아야 한다. 성서에서도 유대인이 유대의 이름을 더럽히고, 외국 사람들로부터 오해받을 만한 언동을 해서는 안 된다고 경고하고 있다. '기드시 하셈'은 한마디로 신을 공경하기 위해 스스로 올바른 행동을 하는 것이다. 이 말은 유대인들의 삶 전체를 상징한다고 볼 수 있다.

이러한 유대인의 철학은 동양의 정서와 매우 유사하다. 사람들이 '체면이 안 선다'느니, '사회적 체통을 중시한다'느니 하는 말들이 그것이 동양인과 유대인은 각자의 나라 이름을 성스럽게 여긴다.

오랜 역사를 통해 유대인은 그들만의 집단에 갇혀 살아왔다. 그래서 강력한 연대의식이 생겨났다. 그들은 세계의 여러 나라에 흩어져 살아왔으며, 이에 따라 법률이나 습관도 서로 달랐다. 그러나 그들은 자신이 예속된 나라가 어디든 그 나라의 법률에 위배되지 않는 한 그 행동이 정당하다고 생각했던 것은 아니다. 어디까지나 유대인의 율법에 비추어 유대인답게, 유대인의 이름을 더럽히지 않는 행동을 취하려는 노력을 아끼지 않았다.

유대인은 남들과의 대화에서 불필요한 아첨을 하지 않는다. 이것은 까닭도 없이 남을 칭찬하는 행위가 거짓을 말하는 것과 똑같이 옳지 못한 행동이라고 생각하기 때문이다. 『탈무드』는 '아첨을 하는 입은 묘혈(墓穴)처럼 열린다' 라고 경고하고 있다.

유대인이 아첨을 얼마나 경계했는지는 역사적인 사실에서도 분명하게 나타난다. 기원전 106년 유대 왕이었던 알렉산더 야나이는 아첨을 금지하는 법률을 제정한 바 있다. 왕은 또 왕비 살로메에게 '겉만 번지르르하게 늘어놓는 말은 거짓말보다 무섭다' 고 강조하곤 했다. 당신이 어떤 유대인을 만나봐도 그는 아첨을 늘어놓지 않을 것이다. 그리고 이것 역시 '기드시 하셈' 의 가르침과 관련되어 있다.

19세기 후반 독일의 유명한 랍비 레이필드 하시는 이렇게 주장했다.

"유대인은 자신이 유대인이라는 사실을 감추어서는 안 된다. 유대인이 남들로부터 존경을 받기 위해서는 유대인임을 분명하게 밝혀야 한다. 왜냐하면 유대인은 정의의 민족이기 때문이다."

청결한 생활

2,000여 년 전, 힐렐이라 불리는 랍비의 대승정이 있었다. 그는 손꼽
히는 랍비 중에서도 가장 위대한 인물로, 그리스도의 말은 사실 힐렐의
말을 인용한 것에 지나지 않는다는 말까지 전해질 정도였다.

이 위대한 랍비 힐렐이 어느 날 거리를 황급히 걷고 있었다. 제자가 그
이유를 물었다.

"좋은 일을 빨리 하고 싶어서 서두르고 있네."

제자는 그 좋은 일이란 것이 대체 무엇인지 궁금하여 스승의 뒤를 따라

갔다. 그런데 힐렐은 공중목욕탕으로 들어가더니 온몸을 깨끗이 씻는 게 아닌가!

어리둥절해하는 제자에게 힐렐이 말해주었다.

"자신의 몸을 깨끗이 씻는 것이 곧 선행이라네."

유대 랍비들은 제자들에게 이 이야기를 들려주면서 한마디 덧붙이곤 한다.

"집 안이나 회당을 깨끗이 청소하는 것도 꼭 해야 할 일임에는 틀림없다. 그러나 그보다 먼저 너희의 몸부터 청결히 하라. 그것이 바로 선행의 시작이니까."

청결은 과학적·종교적 의미가 있다. 이와 같은 유대인의 청결의식은 오랜 전통이며, 다음과 같은 에피소드까지 생겨났다.

중세 때 페스트가 퍼져 유럽 인구의 3분의 1이 죽었다. 당시 유대인이 이 무서운 페스트를 전염시켰다는 소문이 나돌았다. 왜냐하면 유대인만 이 병에 걸리지 않았기 때문이다.

그렇다면 왜 유대인만 페스트에 걸리지 않았을까?

그 이유는 지극히 간단하다. 당시 그리스도인들은 평소에 목욕하는 습관이 없었다. 심지어 '그리스도인들 모르게 돈을 감추려면 비누 밑에 숨겨라'라는 농담이 유행할 정도로 목욕하는 사람이 드물었고, 실제로 비누를 거의 사용하지 않았다고 한다.

그런데 유대인만은 그 당시에도 목욕하는 습관이 배어 있었고, 식사 전에 손을 씻는 것은 물론이고 화장실에 다녀온 다음에도 반드시 손을 씻는 것이 종교적 규율이었다. 이러한 청결함이 페스트로부터 유대인을 구해준 것이다.

이스라엘은 누에다

'가장 큰 고통은 남에게 말하지 못하는 것이다.'

이 속담은 두 가지로 해석할 수 있다.

남이 모르는 것을 알고 있다는 것은 우월감을 갖게 한다. 그리고 그 정보가 상대방과 관계 있을 때, 상대방이 모르고 자신만 알고 있다면 더욱 우월감을 갖게 된다. 인간은 우월감에 젖고 싶은 욕망을 지녔으므로 비밀을 지키기가 매우 힘들다.

또 인간에게는 고독으로부터 벗어나고자 하는 열망이 있다. 남에게 따돌림을 받는 것만큼 괴로운 것도 없다.

인간이 다른 사람에게 이야기해서는 안 되는 것을 누설하거나 털어놓는 것은, 그것을 다른 사람에게 이야기함으로써 자기와 같은 경험을 하게 하고 고독으로부터 해방되고자 하는 것이다. 인간은 사물을 직접 경험하기도 하고, 듣고 읽는 간접적인 경험을 하게 되므로 다른 사람과 이야기하는 것도 상대방과 함께 경험을 나누는 것이 된다. 인간에게 가까운 사람과 말할 수 없는 것만큼 큰 고통도 없다. 인간은 시간 또는 자기가 갖고 있는 물건이나 정보를 서로 나누면서 친해지게 마련이다. 친하다는 것은 곧 서로 나누어 갖는다는 것을 의미한다.

이스라엘은 누에다. 그들은 항상 입을 놀리고 있다. 지도를 보면, 이스라엘은 지중해 연안에 누에 한 마리가 길게 누워 있는 형상이다. 고대 이스라엘도 비슷한 모양이었다.

여기서 '항상 입을 놀리고 있다'는 말은 '항상 기도하고 있다'라는 뜻이다.

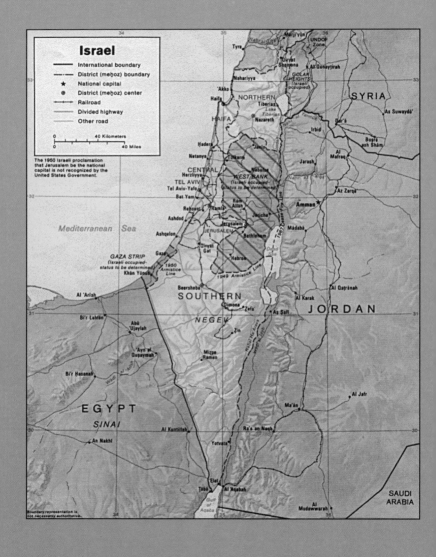

경건한 유대인일수록 열심히 기도한다. 유대인에게 배움은 신에게 봉사하고 기도하는 것이다. 그래서 유대인은 배움, 즉 교육에 열성을 보였다. 다른 민족이 신을 경배하고 있을 때 유대인들은 배우고 있었다. 그것이 수천 년에 걸쳐 생활의 많은 부분을 차지해왔으므로 유대인의 교육수준은 언제나 높았다.

이렇게 교육에 힘써온 결과 지금은 비록 유대교에서 떨어져나간 유대인일지라도 배움이라는 것이 몸에 익은 습성이 되어버렸다. 그래서 '유대인은 다들 머리가 좋다'고 말하는 것이다.

유대인의 목적의식

1492년 아메리카 대륙을 발견한 콜럼버스가 유대인이었다고 주장하는 사람들이 있다. 콜럼버스 연구가들 사이에서는 콜럼버스의 실제 이름이 크리스토발 콜론으로 이탈리아에 살던 유대인인데, 이탈리아식으로 크리스토퍼 콜럼버스가 되었다는 설도 있고 종교재판에 의한 박해를 피하기 위해 유대인임을 숨겼다는 설도 있다. 그러면서 그 근거 가운데 하나로 콜럼버스가 출항일을 하루 늦춘 것을 들었다. 처음 계획된 출항일은 '티슈어아워'라고 하여 유대인에게는 일진이 좋지 않은 날이었기 때문이다.

그가 유대인이라는 사실 여부는 차치하더라도 그가 인솔한 배 두 척에 탔던 120명 중 35명은 유대인이었다. 그리고 그가 가지고 있던 지도는 랍비이자 천문학자였던 아브라함 자쿠토가 만든 것이었다. 또 대서

양 횡단에 사용된 관측기도 『탈무드』의 고명한 학자이자 랍비였던 벤 가손이 만든 것이었다. 이외에도 마르코 베르나르라는 의사와 루이 데 토레스라는 유대인 통역이 있었다.

콜럼버스가 산살바도르 기슭에 도착했을 때, 맨 먼저 신대륙에 상륙한 백인은 루이 데 토레스였다. 따라서 신대륙에 처음으로 발자국을 찍은 것은 유대인이었다.

선인들의 업적을 모두 유대인이 쌓았다는 주장은 잘못이며 또한 지나

친 과장일 것이다. 그러나 현대의 과학기술과 사회의 발전에 유대인이
기여한 역할에 대해서는 누구도 부정하지 못할 것이다.

심리학의 프로이트, 정치 · 경제 · 역사의 칼 마르크스, 물리학의 아인
슈타인은 오늘날의 세계를 건설한 건축가라고 일컬을 수 있다.

프로이트는 처음으로 인간의 심리 연구에 도전해 인간의 정신구조를
설명했다. 그의 제자들은 칼 구스타프 융을 제외하고 전원이 유대인이
었다.

마르크스는 한때 세계의 한 축이었던 공산주의 이론의 창시자였다.

물리학의 거장 아인슈타인은 세계가 물리적으로 어떻게 마련되고 있는 가를 규명해 근대 물리학의 기초를 구축했다.

예로부터 유대인은 강렬한 목적의식을 가지고 있었다. 이 목적의식이 오랜 역사를 거치는 동안에도 닳아 없어지지 않았다는 것은, 그들이 세계 곳곳에 흩어져 있더라도 끊임없는 연대를 유지하고 있었기 때문이다.

현재형의 고전

유대인에게는 지리적·수평적인 유대관계와 함께 과거와 미래를 수직으로 연결하는 입체적 일체감이 있다. 『미드라시』에 다음과 같은 기록이 있다.

'모세가 시나이 반도 산정에서 『토라』를 받을 때, 시대를 초월한 모든 유대인의 영혼이 거기에 회동하여 함께 『토라』를 받았다.'

이것은 내가 20세기에 살고 있지만 나의 영혼은 이미 모세와 함께 『토라』를 받았으며, 신들과 함께 『토라』의 세계를 받드는 데 노력하겠다고 약속했음을 의미한다. 이 말은 매우 중요하다. 유대인은 단순히 지리적으로 초월하고 있는 것이 아니라 시간까지 초월하여 연대하고 있기 때문이다. 나는 유대인이라는 책임을 이미 3,400년 전에 신께 맹세한 것이다.

현실은 양적으로 표현되므로 시간에 의해 간단히 파괴되어버린다. 현

실은 시간의 흐름에 따라 눈부시게 변화하고 있기 때문이다. 현실을 지배하는 자는 그 한순간이나 한 시간, 며칠, 몇 개월, 수년간을 지배하는 데 불과하다. 그러나 진실은 시간을 초월하여 존재하는 것이다.

다른 많은 나라와 제국들이 흥했다가 멸망해가는 사이에도 유대인은 살아남았다. 왜냐하면 다른 세계의 사람들은 현실을 중시해온 반면 유대인은 진실을 존중해왔기 때문이다. 다른 세계는 양(量)에 의지했지만 유대인은 진실에 의지했기 때문에 시간에 의해 멸하지 않고 이어져 왔다.

유럽에서 '게토(유대인의 거류지)'는 매우 작았다. 그러나 이 좁은 공간에서 광활성(廣闊性)을 가졌던 것은 교육 때문이었다. 교육을 통해 자신들의 역사를 존중하고 몸소 익혀왔던 것이다.

이민족들은 유대인을 바라볼 때 과거에 사로잡혀 있다느니, '과거에 묶인 죄수'라는 식으로 편향된 시각을 갖고 있다. 하지만 유대인은 과거에 사로잡혀 있지 않았다. 시간을 견뎌 살아남을 수 있는 자만이 미래를 자기 것으로 만들 수 있다. 그러기 위해서는 살아남은 과거를 배우지 않으면 안 되고, 그렇게 하는 것만이 미래에 대한 건설적인 태도라고 생각해왔다.

유대인에게 과거란 자동차의 백미러와 같은 것이다. 차를 전진시키려면 백미러가 없어서는 안 된다. 자신의 배후를 보면서 달리는 것은 뒤로 달리기 위함이 아니라 앞으로 달리기 위한 것이다.

『탈무드』는 어느 시대든 진실은 진실이라고 말해주고 있다. 『탈무드』에 나오는 고대의 이야기는 반드시 현재형으로 쓰여 있고 과거형은 사용되지 않았다. 이것은 과거의 것도 아니고, 현재의 것도 아니며, 또한 미래의 것도 아닌, 모든 시대를 포괄하는 진실임을 상징하는 것이다.

게토 안에서도 랍비들은 과거형을 사용하지 않았다. 반드시 '랍비 ○○는 말한다'는 식으로 이야기했다. 아키바라는 아주 오래된 랍비의 이야기가 나와도 '랍비 아키바는 말한다'라고 했던 것이다. 어느 시대에도 살아 있었던, 어느 시대에도 살아 있는 말, 어느 시대에도 살아갈 수 있는 진실이 유대인을 살아남게 할 것이다.

균형을 잡아라

3

갈대처럼

인생을 살아가는 동안 유연성을 갖춘다는 것은 커다란 의미가 있다. 신은 흙이라는 똑같은 재료로 인간을 만들었지만, 사람들은 모두 제각 각이다. 따라서 타인들과의 조화로운 삶을 위해서는 유연성을 지니고 있지 않으면 안 된다. 절대 자기 혼자만의 힘으로 세계가 이루어지지 않는다.

누군가의 말처럼, '인체의 뼈 주위에 살점이 있는 것은 중요한 뼈를 보호하기 위해서'인 것이다. 해파리처럼 살거나 딱딱한 돌덩이처럼 굴어서는 안 된다.

또 이렇게 말하고 있다.

'갈대처럼 언제나 부드러워야 한다. 삼나무처럼 키만 커서는 안 된다. 갈대는 아무리 바람이 불어와도 흔들렸다가 다시 원위치로 돌아간다.'

유연한 갈대는 바람에 이리저리 흔들리다가도 바람이 멎으면 균형을 잡지만, 덩치 큰 삼나무는 세찬 북서풍을 이겨내지 못한다. 한번 쓰러지면 바람이 멎은 뒤에도 일어나지 못하는 것이다.

쓰러진 삼나무는 집을 짓는 재료나 땔감용으로 사라져버린다. 그러나 갈대는 『토라』를 쓰는 펜을 만드는 데 쓰인다.

사바스

유대인의 가장 큰 특징 가운데 하나가 바로
'사바스'다. 1주일이 7일이라는 것은 누구
나 알고 있다. 하지만 7일 가운데 1일이 휴
일이라는 것이 『토라』에서 연유했음을 아
는 사람은 별로 없다.

『창세기』에 의하면 하느님은 엿새 동안 이
세계를 창조해냈다.

'하느님이 지으시던 일이 다하므로 일곱
째 날에 안식일이라. 하느님이 일곱째 날
을 복 주사 거룩하게 하셨으니 이는 하느
님이 그 창조하시며 만드시던 모든 일을
마치고 이날에 안식하셨음이라'라고 기록
되어 있다.

한 주일은 안식일에 끝나는 것으로, 제7일
째는 휴일이 되었다. 영어로 말하면 '홀리

데이(Holiday)'인데, 이것은 원래 '거룩한 날(Holyday)'의 변형이다.
성서의 『출애굽기』에는 안식일을 기억하여 '6일 동안은 힘써 네 모든
일을 행할 것이나 제7일은 너의 주님 여호와의 안식일이니 너와 네 아
들이나 네 딸이나 네 종이나 네 손님일지라도 아무 일도 하지 말라'고
명하고 있다.

유대인은 대대로 이 명령을 지켜옴으로써 큰 힘이 되어왔다.

안식일인 사바스(혹은 사파트)는 금요일 일몰 후부터 토요일 일몰 직전

까지 꼭 하루 동안이다. 이스라엘에서는 이 시간이 휴일로 정해져 있다. 유대인이라면 이 24시간 동안 일을 하는 것은 절대 금지되어 있다. 이 24시간 동안은 일에 대한 이야기를 해서도 안 되고, 일에 대한 생각을 해서도 안 된다. 일에 관한 책을 읽어도 안 되고, 일에 관련된 계산을 해서도 안 된다.

심지어 요리를 하는 것조차 금지되어 있다. 그래서 금요일 해 지기 전에 만들어놓은 요리를 불이 붙은 스토브 위에 올려놓는다. 불을 붙이는 행위도 금지되어 있다. 또 이날은 어떤 교통수단도 이용하지 못한다. 급하게 친구 집을 방문할 때도 걸어서 가야 한다.

이날은 신성한 날이며, 진정한 휴일이다. 여인들은 이날이 시작되기 전에 집 안을 깨끗이 정리정돈하고 휴일에 먹을 음식을 장만해놓는다. 그래서 금요일 저녁식사는 1주일 가운데 가장 정성을 들인다. 또 안식일이 시작되기 전에 먼저 목욕을 한다. 사바스를 위해 특별히 몸을 청결히 하지 않으면 안 된다. 그런 다음 가장 좋은 옷을 입고 가족들과 함께 시나고그로 간다. 예배를 마치고 집으로 돌아오면 테이블 위에 촛불을 밝히고 포도주도 한 잔씩 마신다. 이때 남편은 자기 아내가 얼마나 아름다운 사람인가를 찬미하는 말을 성서에서 찾아 읽는다. 그리고 이튿날부터 시작되는 한 주일이 보다 좋은 나날이 되어주기를 함께 기도한다. 그런 다음 사바스를 찬미하는 노래를 부른다.

사바스에는 일을 하는 대신 온가족이 한자리에 모여 여러 가지 대화를 한다. 아버지는 아이들의 공부를 돌봐주기도 하고, 학교에서 어떤 것을 배우고 있는지 점검하기도 한다. 이날은 아버지와 아이들이 대화하는 날인 셈이다.

사바스에는 친구 집을 방문하기도 한다. 그러나 친구와 사업에 대한 이야기를 해서는 안 되므로 인생관이나 인간성 혹은 예술에 관한 대화를 하게 된다. 일로부터 진정한 해방을 얻게 되는 것이다.

『탈무드』는 '휴일은 인간에게 주어진 것이지, 인간이 휴일에게 주어진 것은 아니다'라고 말하고 있다.

오늘날에는 휴일에도 업무에 대해 고민하는 사람이 많다. 일요일에도 집으로 일거리를 가지고 가서 매달리는 사람은 불행하다. 마찬가지로 휴일마다 정력적으로 노는 데 매달리는 사람도 있다. 그러나 휴일은 말

그대로 휴일이다. 쉬어야 하는 것이다.

다른 민족에 비해 유대 민족은 알코올중독자나 가정불화, 혹은 노이로 제 환자가 매우 적은 편인데, 바로 사바스가 있기 때문이다. 그들은 휴 식하는 방법을 잘 알고 있어서 인생을 여유 있고 만족스럽게 사는 노하 우를 지니고 있다.

『탈무드』는 말한다.

'어떻게 쉬는가를 살펴보면 그 사람을 알 수 있다.'

돈과 섹스는 더럽지 않다

유대인은 결코 금욕주의자가 아니다. 그래서 그들에게는 '청빈'이라는 개념이 없다.

일반적으로 그들은 젊을 때에는 가난한 편이 부유한 편보다 낫다고 생 각한다. 물론 가난한 젊은이가 훗날 성공한다는 전제 하에. 그러지 못 한다면 당연히 슬픈 일이다.

젊은 시절의 가난은 성공의 문 앞으로 다가설 수 있는 절호의 기회다. 그래서 청춘과 열정이 갈채를 받는 것이다.

가난에서 벗어나고 싶다는 충동보다 강한 힘도 없다. 당연히 젊은 시절 의 가난에 대해서는 감사해야 한다. 그러나 앞서 말했듯, 이 가난한 행 복도 훗날의 성공을 전제로 한 것이다. 나이가 들어서도 가난하다면 정 말 괴로운 일이다. 젊음은 원인이며, 중년은 결과다. 따라서 인생의 원 인이 되는 젊은 시절을 어떻게 보내느냐가 절대적으로 중요하다.

돈과 마찬가지로, 유대인은 섹스도 터부시하지 않는다. 오히려 인생에
도움이 되는 것으로 생각한다.

돈과 섹스에는 묘한 공통점이 있다. 둘 다 인생에 반드시 필요하며, 불
행히도 그것이 부족하면 그것에 대한 생각에 매달려 집착하게 된다. 이
것들이 어느 정도 충족되어야 비로소 다른 것을 즐길 마음의 여유가 생
기고, 비로소 인생이 자유로워진다. 특히 가난은 인간의 행복을 가로막
는 커다란 걸림돌이다. 왜냐하면 가난한 사람이 정신적으로 자유로운
경우는 극히 드물기 때문이다.

성서에서도 '지혜는 힘보다 낫다. 그러나 가난한 자의 지혜는 멸시되며, 그가 말하는 바는 들어지지 않는다'(『전도서』9장 56절)라고 말하고 있다. 성서가 쓰인 시대나 현대나 인간 사회는 별반 차이가 없는 것이다.

그렇다고 유대사회에 걸인이 없지는 않다. 동유럽의 시골이나 도시에는 반드시 구걸하는 사람들이 있었다. '슈노렐'이라 불리는 그들은 적선을 받긴 하지만, 집집마다 찾아다니며 구걸하지는 않는다. 그들 스스로도 하나의 직업으로서 신으로부터 허락을 받은 존재라고 여겨왔고, 이 때문에 사람들로부터 선행의 대상이 되었던 것이다. 게다가 슈노렐 중에는 굉장한 독서가가 많았으므로 『탈무드』에 정통한 사람 역시 적지 않았다. 그래서 그들은 시나고그의 단골손님이기도 했으며, 『토라』나 『탈무드』의 토론에도 열성적으로 참여했다.

『탈무드』에도 가난한 사람을 변호하는 격언을 어렵지 않게 찾아볼 수 있다.

'가난하다고 해서 바보 취급을 하지 마라. 그 중에는 학식이 높은 사람도 많다. 그들의 셔츠 속에는 영지(英智)의 진주(眞珠)가 감추어져 있다.'

삶을 향유하라

고대 유대사회에는 세속적인 삶을 완전히 등지고 은자(隱者)처럼 생활하는 사람들이 있었다. 그들은 종교적인 수도자로, 선인(仙人)과 같은 생활을 하면서 신께 기도드리는 삶을 살았다.

사람들로부터 '나지르인'이라 불렸던 그들은 술과 여자를 멀리했고, 몇 년씩 사막에 머물기도 마다하지 않았다. 그런데 나지르인이 사회로 복귀할 때에는 신께 자신의 죄를 고백하지 않으면 안 되었다. 삶의 기쁨을 부정한다는 것은, 유대교에서는 크나큰 죄에 해당하기 때문에 사회로부터 유리되었던 그동안의 죄에 대해 용서를 빌어야 했던 것이다.

돈과 섹스, 술과 노래 등과 같은 쾌락도 인생에서는 꼭 필요한 것들이다. 그리고 인생을 살면서 때로는 규제로부터의 일탈도 필요한 법이다. 더러는 취해 허튼 소리를 지껄일 수도 있고, 큰 소리로 노래를 불러봐도 좋을 것이다. 누군가와 주먹다짐을 벌이는 일도 어쩔 수 없다. 그러나 비록 그런 행동을 할지라도 그것들은 어디까지나 착실하고 정상적인 생활을 유지하는 데 도움이 되는 것이라야 한다.

인생이라는 톱니바퀴가 잠시 어긋나는 것을 두려워할 필요는 없다. 다만 전 생애를 그르칠 수 있는 행동을 경계해야 한다.

갈릴리와 사해

인간은 모든 것을 자기 것으로 만들려고 해서는
안 된다. 사람들과 함께 나눈다는 것은 매우 중
요하다. 사람들은 자기 몫을 나눠 갖고자 하는
사람의 주변으로 모여든다. 우리는 갈릴리 바다
와 사해를 통해 이런 교훈을 확인할 수 있다.

이스라엘 안에는 두 개의 내해(內海)가 있는데,
하나는 갈릴리 바다이고 또 하나는 사해다.
해수면보다 392미터나 아래에 있는 사해는 주
변이 온통 사막으로, 그 맞은편이 요르단이다.
담수(淡水)인 갈릴리 바다에는 많은 물고기가 살
고 있다. 베드로가 이곳에서 그물을 던졌으며,
오늘날에는 '세인트 피터스 피시(성 베드로의 물
고기)'라는 생김새는 흉측하지만 맛있는 물고기
가 명물로 사랑받는다. 해변에는 나무들이 수면
위로 가지를 드리우고 있으며, 여러 종류의 새떼
가 몰려와 생동감 넘치는 아름다운 세계를 연출한다.

이와 달리 사해의 물은 염분 농도가 높아 사람이 물에 들어가도 가라
앉지 않고, 물속에는 물고기가 살지 않는다. 근처에 나무가 없을 뿐더
러 새가 노래하지도 않는다. 생명이 있는 것은 아무것도 살지 않는 것
이다. 그래서 옛사람들은 죽음의 바다, 즉 '사해(死海)'라고 이름 붙였
던 것이다.

갈릴리 바다는 요르단 강으로부터 물을 받아들여 사해로 흘려보낸다.
그러나 사해는 흘러드는 물을 모두 자기 것으로 만들어버린다.
유대인들은 갈릴리 바다가 받아들이는 양만큼 남에게 베풀어주기 때문
에 언제나 신선하며, 사해는 모든 것을 자기 것으로 만들어버리기 때문
에 아무것도 살 수 없는 죽음의 바다가 되었다고 말한다. 사해는 절대
남에게 베풀지 않는다. 그래서 죽어 있는 것이다.

강한 면과 약한 면

유대인들은 술에 관대한 편이다. 그래서 어릴 때부터 포도주 맛을 알고 있다. 사바스 때 마시는 술은 빼놓을 수 없는 즐거움 가운데 하나다. 성서에도 술의 효용성을 몇 번이나 되풀이하고 있으며, 『탈무드』에도 이런 글귀가 있다.

'아침에 마시는 술은 돌, 낮에 마시는 술은 구리, 밤에 마시는 술은 은, 사흘에 한 번 마시는 술은 금이다.'

랍비들은 인간에게 술은 훌륭한 약이므로 술이 있는 곳에는 약이 필요 없다고까지 말해왔다. 술에 이렇게 관대한 유대인이지만, 몸을 가누지 못할 정도로 마시는 경우는 전혀 없다. 『탈무드』에서도 '적당히 마시면 두뇌활동을 좋게 한다'고 가르치고 있지만, 동시에 그 도가 지나치면 지혜를 잃는다고 경고한다.

만약 인간이 강한 면만 가지고 있다면 얼마든지 까다로운 요구를 부여해도 좋다. 그러나 인간은 누구나 약한 면도 함께 지니고 있다. 강한 면과 약한 면을 동시에 지니고 있는 것이다.

그렇다고 인간의 약함을 권장하려는 것은 아니다. 어느 정도의 허세와 탐욕, 게으름 같은 것은 인정해야 한다. 늘 긴장해서는 오래 지속되지 못하기 때문이다. 약함을 꺼려하고 회피하려 하기보다는 어느 정도의 약함을 인정하고 경계하는 편이 현실적이다.

시간은 생명이다

어느 날 두 명의 사내가 악한에게 쫓기다가 골짜기의 절벽 끝에 이르렀다. 그 골짜기를 건널 수 있는 도구라곤 걸쳐져 있는 로프 한 가닥이 전부였다. 다급했던 두 사람은 곧 이 로프에 매달리기 시작했다.

먼저 첫 번째 사내가 줄타기 선수처럼 매달려 재빨리 골짜기를 건넜다. 그러나 두 번째 사내가 아래를 굽어보니 골짜기가 너무 깊어 오금이 저렸다. 그가 두려움에 떨면서 소리쳤다.

"난 겁이 나서 죽겠는데, 어떻게 그렇게 잘 건넜지? 무슨 비결이라도 있는 거야?"

그러자 먼저 건너간 사내가 대답했다.

"나도 밧줄은 처음 타봤는데, 한쪽으로 기울어지려 할 때 다른 한쪽에 힘을 줘 균형을 잡으면서 건넜어."

인생을 줄타기에 비유한 이야기다. 인생이야말로 반드시 균형을 잡고 살아가야 한다는 것을 역설하고 있다. 그리고 아마도 유대인 처세술의 진수는 균형을 잡는 데 있을 것이다. 무슨 일이든 지나치지 않게 조절하여 알맞게 해야 한다.

유대인은 돈이나 술, 여자문제 같은 것을 이교도처럼 죄악시하지 않는다. 오히려 신이 부여해준 쾌락을 즐기지 못하는 것을 죄악이라고 생각한다. 또 그 도가 지나친 것 역시 죄가 된다고 경계하고 있다.

인생에서 돈·술·여자·시간은 도를 지나쳐서는 안 된다. 그런데 처음의 세 가지는 누구나 알고 있지만, 맨 나중의 시간에 대해서는 무신경하기 쉽다. 무심코 쓸데없는 일에 시간을 낭비하는 경우가 많기 때문이다. 'Time is Money(시간은 돈이다)'라는 미국 속담이 있는데, 이 말은 틀린 말이다.

유대인들은 돈보다 시간이 훨씬 더 소중하다고 생각한다. 그리고 시간과 돈은 전혀 비슷하지도 않은 별개의 것으로 여기고 있다.

돈은 저축할 수 있지만 시간은 저축할 수 없으며, 한번 잃은 시간은 되돌릴 수 없고, 다른 사람한테 빌릴 수도 없기 때문이다. 그리고 인생이라는 은행에 앞으로 얼마만큼의 시간이 저축되어 있는지도 알 수가 없다. 따라서 그들은 'Time is Money'는 아주 틀린 말이며, 'Time is Life(시간은 생명이다)'라고 생각한다.

감정은 오래가지 못한다

정열에는 두 종류가 있다. 감정으로 노출되는 정열과, 이성으로 지탱되는 정열이 그것이다.

그런데 감정으로 드러나는 정열은 위험하다. 순간의 격앙과 폭발력은 크지만 오래 지속되지 않기 때문이다. 그러나 이성은 일생을 지배할

수 있다.

유대인들은 정열로 인해 몸을 망치고 좌절을 겪는 일에 대해 강력히 충고하고 있다. 이와 같은 정열은 일생의 톱니바퀴를 어긋나게 할 수도 있으므로 절대 경계해야 한다.

연애도 마찬가지다. 유대인들도 인간이므로 연애는 하지만 좀처럼 격렬한 연애는 하지 않는다. 연애란 한 가정을 구축하기 위해 필요한 것이라는 인식이 보편적이다.

유대인은 중용(中庸)을 중시하며, 과격한 것을 싫어한다. 이것이 바로 유대인 처세술의 요체다.

그렇다고 그들이 감정을 무시하는 것은 아니다. 『탈무드』에는 '마음이 가득 차면 눈으로 넘쳐난다'는 말이 있다. 마음의 감동이 눈물로 표현된다는 뜻으로, 감정의 존재를 인정하고 있는 것이다.

그러나 시간이 지날수록 가치를 잃는 것에는 존경할 만한 가치가 없다. 감정이 바로 그런 것으로, 시간의 시련을 견뎌낼 수 없는 것이다.

진짜 친구

한 사내가 평소 절친한 친구에게 물었다.

"자넨 나를 진정한 친구로 생각하고 있는가?"

상대방이 대답했다.

"물론 자네를 친구로서 중요하게 여기고 있지."

사내가 다시 물었다.

"그렇다면 자넨 내가 무엇 때문에 괴로워하는지 알고 있는가?"

상대방이 반문했다.

"내가 어떻게 자네의 고통을 알 수 있겠는가? 자네가 먼저 말해주지 않는다면 말일세."

그러자 사내는 이렇게 결론지었다.

"무엇이 나를 괴롭히는지도 알지 못하면서 어떻게 나를 친구로 여긴다고 할 수 있는가?"

랍비가 제자들에게 이 이야기를 들려주고 나서 말했다.

"나는 이웃을 사랑한다는 것의 의미를 이 두 사람의 대화를 듣고 나서 비로소 깨달았다."

인간이 한평생을 살아가면서 친구를 필요로 한다는 것은 틀림없는 사실이다.

사람들은 건강하여 왕성하게 일할 수 있을 때 여러 친구를 사귀며 인생을 향유한다. 그리고 삶이 고달파질 때마다 친구의 도움을 필요로 한다. 더 나아가 몸이 늙고 쇠약해졌을 때에는 믿고 마음을 의지할 수 있는 '진짜 친구'를 필요로 한다.

눈에는 눈, 이에는 이

'눈에는 눈, 이에는 이'는 성서에 나오는 말이다.

한 유대인이 같은 유대인을 속였다고 하자. 만약 1만 파운드쯤 사기를 쳤다면 유대인은 오늘날에도 재판소로 가기보다는 둘이 함께 랍비를 찾아갈 것이다. 랍비가 지역사회의 재판관을 겸하고 있기 때문이다. 랍비는 당연히 1만 파운드를 돌려주라고 할 것이다.

일단 요구한 금액을 돌려주면 가해자의 죄는 없어져버린다. 정신적으로 흰 옷감처럼 하얗게, 완전히 결백해진다. 그는 사건 이전의 상태로 돌아

가고 아무도 그를 미워하지 않는다. 이것이 유대의 전통적인 정의다.

그런데 많은 외국인이 '눈에는 눈, 이에는 이'라는 말을 잔인한 말로 왜곡해 전하고 있다. 결코 그렇지가 않다.

가령 어떤 사람의 헤드라이트를 깨뜨렸으면, 그에 상당하는 것으로 반환하라는 것이 유대의 율법이다. 오토바이 헤드라이트를 깼는데 값비싼 자동차 한 대를 요구해서는 안 된다는 것이다.

고대에는 이발사가 잘못하여 손님의 귀를 자르면 손님이 이발사의 팔하나를 요구하기도 하고, 밭의 올리브나무 한 그루가 잘리면 상대방의 전 재산을 빼앗으려는 경우가 많았으므로 배상이 타당해야 한다는 의미에서 '눈에는 눈, 이에는 이'라는 말이 나온 것이다.

이것은 복수를 권장하는 것이 아니라 감정적인 복수를 경계하는 말이다.

구체적인 계율

그리스도교의 한 목사가 연단에 설 때마다 어린이를 사랑해야 한다고 설교했다. 자녀들을 소리 높여 꾸짖거나 때려서는 안 되며, 언제나 아이들을 사랑으로 감싸줘야 한다고 말했다.

그러던 어느 날 목사는 교회 앞 보도의 일부가 깨진 것을 발견하고 시멘트를 사다가 깨끗이 수리했다. 그런 다음 주위에 작은 울타리를 만들어 '들어가지 마시오' 라고 쓴 팻말을 세웠다. 목사는 저녁때 자기가 수리한 곳이 그대로 있음을 확인하고 나서 잠자리에 들었다. 그런데 이튿날 아침에 일어나 가보니 어린아이들의 발자국이 여러 개 나 있는 것이 아닌가. 목사는 몹시 화가 났다. 그래서 자기 신분도 잊은 채 큰 소리로 아이들을 저주하기 시작했다.

목사의 아내가 그를 환기시켰다.

"당신은 언제나 아이들에게 상냥하게 대해야 한다고 가르치면서 그렇게 말해도 되나요?"

그러자 목사는 이렇게 대꾸했다.

"나는 추상적인 아이들은 좋아하지만, 구체적인(concrete) 아이들은 싫어한다고!" ('구체적인'을 영어로는 '콘크리트'라고 한다)

『탈무드』나 『토라』는 사물을 추상적으로 다루지 않고 구체적인 예를 들어가며 가르친다.

보통의 그리스도인들은 그리스도교가 사랑의 종교인 데 반해 유대교는 계율의 종교라고 말하면서 마치 사랑의 종교가 차원이 높다는 듯한 인상을 짓는다. 그러면 유대인들은 사랑의 종교는 추상적인 가르침밖에 되지 못하며 올바른 도덕이란 계율이 없는 한 성립되지 못한다고 반박한다.

성서에 '그대 이웃을 그대처럼 사랑하라'는 가르침이 있는데, 이것 역시 전제가 되는 것을 모른다면 별다른 의미가 없다. 예를 들어 자기혐오에 빠진 인간은 어떻게 해야 하는가. 우선 자기를 사랑할 줄 알아야한다. 자기를 사랑한다는 것은 자신의 이익을 먼저 생각하는 것이다. 상거래의 목적은 자신의 이익을 취하고자 하는 것이므로 결코 자선이 아니다. 자신의 물질적인 이익을 더욱 확대해나가는 것이 상거래의 목적인 것이다.

자연과의 대화

한 농부가 밭에서 허리를 굽혀 잡초를 뽑고 있었다. 날이 무더워 농부의 얼굴에는 땀방울이 맺혔다. 농부가 푸념을 하며 중얼거렸다.

"이놈의 지겨운 풀만 아니면 이 고생을 안 해도 될 텐데, 신께서는 무엇 때문에 이놈의 잡초를 만들어냈을까?"

그러자 막 농부의 손에 뿌리가 뽑힌 잡초가 이렇게 말했다.

"당신은 우릴 미워하는 모양인데, 그건 우리가 얼마나 고마운 존재인지를 몰라서 하는 소리예요."

"……?"

"우린 땅 속 깊숙이 뿌리를 뻗음으로써 흙을 부드럽게 갈아주고 있어요. 또 비가 내릴 때는 흙이 무너지지 않게 막아주고, 가물 때도 흙먼지가 일어나지 않게 해주죠. 이런 식으로 우린 당신의 밭을 지켜주고 있는 거예요. 만약 우리가 없다면 어떻게 될까요? 당신이 농작물을 가꾸려 해도 흙이 비바람에 쓸려가 밭 한 뙈기도 건지지 못했을 거예요. 그러니 우릴 미워하기보다는 오히려 고마워해야지요."

풀의 말을 듣고 난 농부가 고개를 끄덕이고 나서 환하게 미소를 지었다. 그후로 농부는 잡초 한 포기도 소홀히 여기지 않았다.

우리는 흔히 잡초나 녹이 불필요하다고 생각한다. 그러나 사실은 그렇지 않다. 신의 창조행위는 날마다 계속되고 있으며, 인간 역시 이 창조행위에 참여하고 있다. 날마다 자연의 법칙에 따라 새롭게 태어나고 있는 것이다.

창조하기 위해서는 먼저 낡은 것이 파괴되지 않으면 안 된다. 새로운

탄생의 이면에는 언제나 파괴가 있었다. 만약 낡은 것이 파괴되지 않고 그대로 남아 있다면 세계는 정말 하찮은 것들로 넘쳐날 것이다.

인간에게도 녹과 똑같은 현상이 일어나는데, 그 예로 희미해지는 기억력을 들 수 있다. 오래 전의 일을 망각함으로써 과거를 떠나보내고 다가오는 새로운 문제에 대해 분명한 판단을 할 수 있는 것이다.

인간은 나이가 들수록 기억력이 나빠진다. 신은 노인에게 격정이 정제된 평온함을 안겨주기 위해 기억력을 감퇴시켰고, 부드러운 것만 섭취하도록 이를 퇴화시켰다.

모든 사물과 현상에는 좋은 면과 그렇지 못한 면이 공존한다. 바람직하지 않다고 생각되는 면에도 무언가 도움이 될 만한 요소들이 포함되어 있다. 따라서 무슨 일이 벌어지든 나쁘다고 예단해서는 안 된다. 감사의 마음은 겸허한 태도에서 비롯되며, 인간은 겸허해질수록 시야가 넓어진다.

그렇다면 시야가 넓어지면 어떤 현상이 벌어지는가? 지금까지 관심을 두지 않던 사물과 사람이 눈에 들어온다. 그리고 농부에게 말을 건넨 잡초처럼 누군가가 당신에게 접근해올 것이다. 이제 할 일은 그와 대화를 하는 것이다.

자율경쟁

한 상인이 랍비를 찾아와, 이웃한 상점에서 물건을 터무니없이 싸게 팔고 있어 자기네 가게 매상이 줄어들고 있다고 하소연했다.

『탈무드』에는 부당한 경쟁에 대해 많이 언급하고 있다.

물건을 팔고 있는 상점 옆에다 똑같은 물건을 파는 가게를 열어서는 안 된다. 그러나 예를 들어 두 상점 가운데 한 상점에서 아이들에게 사탕 같은 작은 경품을 붙여 팔았다고 하자. 그래서 아이들이 자기 어머니를 끌고 와 그 물건을 사가는 경우 어떻게 되는가에 대한 의견이 엇갈렸다.

소수의 랍비는 손님을 끌기 위해 제값을 받지 않고 경품을 붙여 파는 행위는 부당한 경쟁이라고 주장했다. 그러나 대다수의 랍비는 값을 깎으며 서로 경쟁하는 것이 물건을 사가는 손님 쪽에는 득이 되므로 좋은 일이며, 그래서 경품을 붙여 파는 것은 불공정한 경쟁이 아니라고 판단했다. 손님 쪽에 이익이 있으면 그것으로 만족하지 않는가 하는 생각들이었다.

이튿날 랍비는 그 상인에게 이렇게 말해주었다.

"남의 것을 훔치는 행위는 분명히 금지되어 있지만, 물건 값을 경우에 따라 약간씩 내려 파는 것은 정당한 행위입니다. 그러니 당신의 가게에서도 어떤 대책을 마련하시지요."

유대인끼리의 분쟁

오랫동안 한 회사에 근무한 유대인 남자가 회사로부터 부당한 대우를 받고 있다고 생각했다. 견디다 못한 그가 사장을 찾아가 말했다.

"지금까지 저는 회사를 위해 최선을 다해 일해왔지만, 회사는 그만한 대우를 해주지 않았습니다. 더 이상 일할 마음이 없으니 퇴직금이나 정산해주십시오."

그 말에 사장이 기다렸다는 듯이 대답했다.

"자네, 말 잘했네. 그렇지 않아도 자네의 근무태도가 맘에 들지 않아 잘라버릴 생각이었네. 당장 나가게. 퇴직금은 한 푼도 줄 수 없네."

이렇게 서로가 맞서 결론이 나지 않자, 남자는 어느 날 회사의 공금과 기밀서류를 훔쳐 외국으로 달아나버렸다. 사장이 사방으로 그를 찾았지만 좀처럼 행방을 알 수 없었다. 그로부터 한 달이 지난 뒤 외국의 어느 거리에서 우연히 그를 만난 사람이 사장에게 소식을 전했고, 사장은 자기가 찾아가는 대신 랍비를 먼저 찾아왔다.

비록 먼길이긴 했지만, 사장의 부탁을 받은 랍비는 직접 그 남자를 찾아갔다. 랍비를 본 그는 무척 놀라는 표정이었다. 회사 공금과 기밀서류까지 챙겨 도망쳤으니 자기 양심에도 가책이 있었던 것이다.

랍비는 그와 3일 동안 그 문제에 대해 해결책을 의논했다.

랍비가 관심을 둔 것은 유대인과 유대인 간에 생긴 일을 어떻게 해결할 것인가 하는 문제였다. 유대인끼리 서로 다투는 것은 용납되지 않는다.

랍비는 『탈무드』의 이야기를 인용했다.

"유대인들은 모두가 가족이며 한 형제요. 우리는 유대인이 아닌 이민족들과 상대하고 있으므로 유대인끼리는 절대 평화롭게 일을 처리해야 하오."

랍비의 설득에도 남자는 끝까지 자신의 행동이 옳다고 주장했다.

"잘은 모르지만, 당신의 말이 전적으로 옳을 수도 있소. 그러나 자기 생각대로만 하는 것은 용납되지 않는 일이오."

뒤이어 랍비는 『탈무드』에 나오는 이야기를 들려주었다.

많은 사람들이 함께 배를 타고 있었다. 그때 한 사람이 자기가 앉아 있는 배의 밑바닥을 끌로 뚫기 시작하는 것이었다. 깜짝 놀란 사람들이 그를 나무라자 '여기는 내 자리니 내 마음대로 해도 상관없지 않소!' 라고 그는 대답했다.

"어떤 유대인이 자기 회사의 공금을 가지고 달아났을 때, 과연 주위 사람들은 뭐라고 하겠소? 유대인은 정말 도덕심이 없는 민족이라고 하지 않겠소!"

랍비의 충고에 그는 마침내 자기 잘못을 깨닫고 회사 공금과 서류를 내놓았다. 랍비는 그 즉시 귀국하여 사장을 만났고, 분쟁을 원만히 해결했다. 남자가 원한 만큼은 아니었지만, 적당한 금액의 퇴직금도 받아주었다.

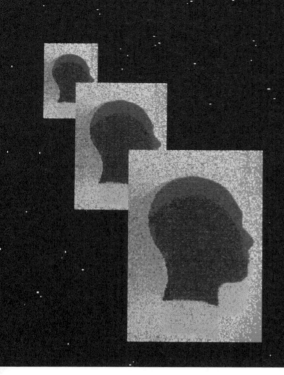

참된 리더십

인간이 가장 범하기 쉬운 과오는 어떤 것이며, 그 중에서도 가장 전형적인 과오는 무엇인가?

그것은 자기가 좋은 일을 하지 않아도 누군가가 그 일을 대신할 것이기에 이 사회가 잘 돌아갈 거라고 생각하는 것이다. 이는 사회의 기생충과도 같은 매우 비겁한 태도다. 나 자신이 먼저 무언가를 실천하지 않는 한 사회는 결코 그 기능을 제대로 발휘할 수 없다.

훌륭한 집안을 만들고 싶다, 완벽한 부부생활을 영위하고 싶다, 좋은 지역사회를 만들고 싶다, 잘사는 조국을 만들고 싶다…… 이런 것들은 모든 인간이 갖고 있는 공통된 욕구다. 그리고 사람들은 그렇게 하려면 어떻게 해야 하는지 이미 잘 알고 있다.

그러나 단지 그 방법을 알고 있다는 것만으로는 아무런 의미가 없다. 무엇이 좋고 무엇이 나쁜가를 판단하는 정도로는 불충분하다. 다른 사람들에게 좋은 일을 하게끔 호소하는 것만으로도 부족하다.

인간은 다른 사람의 과오나 부정행위에는 민감한 편이다. 그러나 자신의 과오나 부정에는 무척 관대하다. 흡사 자신에게만 특권이 있는 것처럼 착각하고 있다. 자신의 과오에 대한 변명이나 이유를 가장 잘 들어주는 것은 분명히 그 자신이다. 우리는 자기 아내나 아이들, 동료들, 상사나 주위 사람들 모두에 대해 엄격한 기준을 설정해놓고 있다. 그러나 자기 자신에게만큼은 그렇지 못하다. 가장 전형적인 과오는 스스로 모범을 보이지 않고 다른 사람의 선행만 기대하는 것이다.

좋은 가정이란 어떤 것인가? 그것은 가족 구성원이 저마다 서로에게 좋은 영향을 미치는 가족이라고 할 수 있다. 부모도 자식도 함께 성장하며, 자기 표현이 가능한 환경을 노력하여 만들어가는 가정을 말한다. 단지 가족으로 존재하고 있다는 사실만으로는 불충분하다. 서로 각자만의 자유를 추구하는 것으로는 아무것도 안 된다. 함께 꽃피워나가야 하는 것이다.

훌륭한 가정을 만들기 위해서는 창조적인 노력이 필요하다. 한 가족은 분명 서로 피를 나눈 혈족이지만, 각각의 구성원은 저마다의 개성을 지니고 있고 자기 나름의 이해관계도 가지고 있다. 따라서 서로에 대한 관용과 인내를 베풀지 않으면 안 된다. 그리고 무엇보다도 자기가 항상 모범을 보여야 한다.

솔선수범을 보인다는 것은 가장 훌륭한 교육방법이다. 좋은 행위든 나쁜 행위든, 그 행위는 주위를 감염시킨다. 그래서 올바른 솔선수범을 위해서는 먼저 자기 기준이 확립되어야 한다. 자기 기준이 확립된 인간은 타인에게 맞추어 부화뇌동하지 않는다.

남에게 솔선수범하는 대다수의 선인들이 역사에 기억되지 않을지도 모른다. 그러나 오늘날의 세상이 조금이나마 진실성이 있고 살기 좋은 면이 있다고 한다면, 그것은 이러한 무명의 전사와도 같은 사람들이 남겨놓은 유산이라고 할 수 있다.

헤브라이어의 '1'은 '에하트'라고 하는데, 이것은 숫자의 '1'을 의미할 뿐만 아니라 '훌륭한'이라는 의미도 함께 지니고 있다. '1'은 가장 명예로운 숫자다.

우리는 늘 자기가 '1'이 되도록 노력해야 한다. 모범을 자신의 행동에서부터 창조되게 하자. 우선 좋은 가정을 만드는 일부터 시작하자. 좋은 가정을 만드는 것은 좋은 직장과 좋은 지역사회를 만드는 것과도 일맥상통한다.

참된 지도자란 어떤 사람인가? 바로 솔선수범하는 인간이다. 시작(始作)을 창조해낼 수 있는 사람을 말한다. 두 번째부터는 이미 따르는 사람이 되는 것이다.

지도자나 리더십에 관해 『탈무드』에는 다음과 같이 쓰여 있다.

'육체는 머리에 따른다.'

'선장을 잃은 배는 키를 잃는다.'

'높이 오른 자와, 후에 그 지위를 노리는 자는 다르다.'

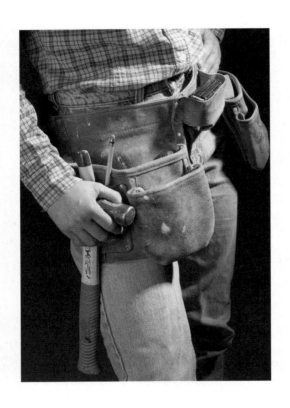

부지런한 습관을 붙여라

유대 속담 중에 깊이 음미해볼 만한 말로, '성공도 실패도 다 버릇이
다'라는 말이 있다.

부지런함과 성공은 서로 불가분의 관계다. 부지런을 떨어서 성공한 사
람은 있어도 게으름을 피워서 성공한 사람은 없다. 물론 근면이 전적으

로 성공을 보장하지는 않는다. 그러나 부지런히 일하는 것이 성공의 기본 조건임은 부인하기 힘들다.

『탈무드』에서도 '세상에서 가장 따분한 것은 할 일이 없는 것이다'라고 말하고 있다. 성공에는 고생이 뒤따르게 마련이다. 옛날 사람들은 어떠했는가? 그들은 불을 일으키기 위해 오랜 시간 동안 나무나 돌을 문질러 겨우 불씨를 만들어냈다. 또 한 끼 식량을 구하기 위해 높은 나무를 기어오르거나 사냥에 몰두해야 했다. 성서의 『시편』에서도 '눈물을 흘리며 씨 뿌리는 자는 기쁨으로 거두리라'라고 노래하고 있다.

그런데 근면이나 게으름은 본성에 의해 결정되는 것이 아니라 후천적으로 습성화되는 경우가 많다. 당연히 어렸을 때의 가정환경이나 학교 교육 등도 커다란 영향을 미친다. 그렇지만 물이 높은 곳에서 낮은 곳으로 흐르듯, 사람도 괴롭고 힘든 일을 꺼리며 향락 쪽으로 기울기 쉽다.

근면에는 두 종류가 있는데 밖으로부터 강요당하는 근면과, 스스로 행하는 부지런함이다.

그 옛날 가난했던 시절, 들이나 작업장에서 열악한 노동조건 아래서 기계적으로 일했던 것은 삶의 필요에 의해 강요된 근면이었다. 그것을 따르지 않으면 생계가 곤란했기 때문이다. 박봉의 샐러리맨이 잔업까지 하며 허덕거리는 것 역시 외부로부터 강요된 부지런함이다. 이와 같은 근면은 외부의 압력이 사라지면 아무것도 남지 않는다.

반면 스스로 행하는 근면은 자신의 것을 창조하며 한 걸음, 한 걸음 자신을 키워나간다. 그것은 점차 시간이 흐르면서 스스로를 확립시켜나간다.

그런데 예상외로 자신이 스스로 행해 몸에 밴 근면도 습성인 경우가 많다. 그 예로 영어 학습에 매달린 한 직장인의 경우를 살펴보자.

그는 매일 아침 30분 일찍 일어나 영어 공부에 매달렸다. 매일 카세트 테이프를 들으며 발음과 듣기를 연습했다. 출퇴근시간에 차로 이동하면서도 수시로 반복했다. 그렇게 1년이 지나자 실력이 몰라보게 향상되었고, 나중에는 외국인과도 자연스럽게 대화할 정도로 수준이 올라갔다.

그에게 물었다. 영어 공부를 시작한 다음 가장 힘들었던 때가 언제냐고. 그러자 그는 시작하고 나서 한 달 정도라고 했다. 그후로는 습관이 되어 별다른 어려움이 없었다고.

속담처럼, 자신에게 새로운 버릇을 붙이는 것이 성공의 실마리가 되는 것이다.

인생은 두 번 살 수 없다

젊은 시절에는 시간이 소중하다는 사실을 잘 알지 못한다. 사실, 아이들은 시간감각이 없는 편이다. 그러나 나이가 들고 성장해감에 따라 시간이 곧 재산임을 깨닫게 된다. 금전감각도, 시간감각도 어른이 되어서야 몸에 붙는 것이다.

시간이야말로 둘도 없는 소중한 존재다. 이 사실을 알고 있으면서도 우리는 그냥 낭비해버린다.

만약 우리가 시간을 최대한 유익하게 활용하고 있지 못하다면, 이것은 시간이 우리를 망치고 있는 것이다. 그렇게 되면 시간이 우리를 통과해 지나가는 것이 아니라 우리가 시간을 통과해가는 결과가 된다.

시간은 동작이 날랜 값비싼 짐승과도 같다. 잘 움켜잡는 사람이 성공을

자기 몫으로 거머쥘 수 있다.

인간이 다른 동물과 다른 점은 시간을 알고 있으며, 그것을 어떻게 활용할 것인가를 미리 계획할 수 있다는 데 있다. 인간을 제외한 동물들에게는 현재밖에 없으며, 간신히 그 현재를 붙잡을 줄 밖에 모른다. 똑같은 인간이라도 현재만 생각하고 살아가는 인간과, 미래를 생각하고 살아가는 인간은 크게 다르다.

세상에 나온 우리는 이 시간을 단 한 번밖에 체험하지 못한다. 만약 우리가 인생을 두 번 이상 살 수만 있다면, 현재의 삶은 아주 다른 인생이 될 것임에 틀림없다.

역경에의 도전

4

반유대주의

전 세계적으로 문명이 발달한 도시일수록 초고층 건물들이 들어서고 있다. 그런데 마천루를 세계 최초로 구상하고 건설한 것이 유대인이라는 사실을 아는 사람은 드물다.

유럽의 유대인은 오랫동안 게토라 불리는 유대인 집단거주지 안에서 살았으며, 토지 소유권도 허용되지 않았다. 근대에 이르는 동안 게토 내의 인구가 계속 증가하자, 한정된 토지 안에서 건물을 높이는 수밖에 없었다. 그 결과 유럽에서 게토에만 높은 건물이 들어섰다.

유대인은 오랫동안 반(反)유대주의 속에서 이교도들에게 집을 빼앗기고 재산을 몰수당하면서 살아왔다. 그리고 첨단 문명의 시대라 일컬어지는 오늘날에도 반유대주의는 분명히 살아 있다.

"미국 월가는 유대인이 지배하고 있다. 백악관 주변도 유대인이 차지하고 있다. 따라서 유대인은 미국이라는 강대국을 지배함으로써 세계 지배를 꾀하고 있는 것이다. 그들은 국제적으로도 금융·정치를 지배하려고 여러 가지 사악한 기관을 거느리고 있다. 지금 당신 곁으로도 눈에 보이지 않는 유대의 손이 뻗쳐오고 있다."

반유대관이 얼마나 뿌리 깊은지를 적나라하게 보여주는 주장이 아닐 수 없다.

나치의 유대인 학살은 어느 날 갑자기 벌어진 일이 아니다. 오랜 세월 동안 그치지 않고 충만해 있던 유럽인들의 반유대주의라는 화약고에 히틀러라는 독재자가 성냥을 그은 것이다.

유대인이 월가를 지배하며 미국 대통령도 유대인의 꼭두각시에 불과하다는 주장은 근거 없이 날조된 허구다.

유대인들은 확실히 부지런하고 교육 열기가 뜨겁다. 그래서 미국에 거주하는 다른 민족들에 비해 개인적인 성공률이 확실히 높고, 이 때문에 눈에 잘 띄는 것이다. 유대인이 힘을 갖지 못했다는 주장도 거짓이겠지만, 소수민족인 그들이 지배를 하고 있다거나 힘을 가진 민족이라고 단정하는 것은 편견이 아닐 수 없다.

요나 이야기

『토라』에 의하면 요나는 죄 많은 사람들이 모여 사는 니네베라는 도시를 찾아가 그들을 올바른 길로 인도하라는 신의 명령을 받는다. 그러나 요나는 이 사명이 너무나 크다는 사실에 겁을 집어먹고 달아나려고 요파에서 배에 오른다.

그러나 신으로부터 벗어날 수는 없는 일. 갑자기 풍랑이 일고 배가 뒤집히려 했다. 그러자 배에 탄 사람들이 갑작스런 풍랑이 누구 때문이냐고 따지기 시작했고, 요나는 자신이 신의 노여움을 샀다고 솔직히 털어놓았다. 이에 사람들이 요나를 작은 배에 태워 바다에 내려놓자 거대한 고래가 나타나 요나를 통째로 삼켜버린다. 얼마 후 정신을 차린 요나는 자신이 커다란 고래의 뱃속에 들어 있다는 사실을 알았다. 그는 간절히 신께 기도를 올리기 시작했다. 그러자 고래가 육지 가까이에다 요나를 토해주었다.

이 이야기 속의 요나는 이민족에 둘러싸여 살아온 유대인을 묘사한 것이다. 일반적으로 인간이 고래에게 잡아먹혔다면 위 속에서 소화되어 버린다. 그러나 그것은 요나의 운명이 아니었다. 요나는 신에게 기도하여 고래에 동화(同化)되는 것을 거부했다.

유대인은 오랫동안 반유대주의자의 박해를 인내해왔다. 그들은 설사 반유대주의자들에게 물리적으로 지는 경우가 있다 해도 반드시 살아남았다. 그들만의 세계는 지켜왔던 것이다.

실제로 반유대주의자들은 이렇게 말한다.

"유대인이란 어떻게 해볼 수가 없는 족속이다. 그들을 잡아 우리 편으로 만들 방법이 없다."

여러 반유대 정부들은 유대인을 자기 뱃속에 넣어 소화시킬 수 없었으므로, 그들이 결코 동화되지 않았으므로 끊임없이 비난해왔다. 하지만 실제로는 유대인들이 자신들의 세계가 정의에 바탕을 둔 세계임을 믿고 굳게 지켜온 것이다.

유대인이 소화되지 않는 존재라는 사실은 구소련을 보아도 알 수 있다. 소련 정부는 끝끝내 유대인을 소화시키지 못했다. 소련은 고래처럼 유대인을 소화시키려 했지만, 결국 소화시킬 수 없었으므로 이스라엘이나 그 밖의 국외로 유대인들을 추방해야 했다.

이것은 소련뿐만이 아니다. 모든 나라가 유대인을 소화시키려 할 때마다 똑같은 현상이 일어났다. 어떠한 제국이나 강국도 유대인을 삼킬 수는 있어도 소화시킬 수는 없었다.

인간과 악마의 체스 게임

유명한 박물관의 한쪽 벽에 아주 색다른 그림 한 폭이 걸려 있다. '마지막 한 수'라는 제목이 붙어 있는 이 그림은 인간과 악마가 체스를 두는 모습이었다.

이 작품의 테마는 매우 기발했는데 인간이 지금까지 쌓아올린 지혜, 통찰력, 경험, 전략 등을 총동원해 악마와 대결하는 것을 상징적으로 표현하고 있었다. 쌍방이 필사적으로 매달리고 있다. 과연 어느 편이 이길까? 그러나 유감스럽게도 이 그림의 제목은 '마지막 한 수'이고, 꼭 악마가 이길 것 같은 형세에 놓여 있다. 이대로 가면 인간은 분명히 패배할 것 같다.

한 관람객이 체스 두는 그림과 그 의미에 몰입하여 시선을 집중하다가 불쑥 탄식하며 한마디를 흘렸다.

"악마가 인간에게 마지막 한 수를 걸고 있다니, 이럴 수가 있단 말인가!"

그는 점점 참담한 기분이 되어 그림을 응시했다. 그러다가 갑자기 미친 사람처럼 부르짖기 시작했다.

"저건 거짓이다! 거짓이다!"

정숙해야 하는 박물관에서 뜻밖의 소란을 피운 그 남자는 곧장 밖으로 끌려나갔다.

한참 후 정신을 가다듬은 그는 다시 그 그림 앞으로 돌아와 섰다. 그리고 또다시 응시하다가 격한 감정을 견디지 못하고 항의의 절규를 외쳤다. 그는 다시 경비원에게 끌려나갔고, 얼마 후 마음을 진정시키고 다시 들어왔다. 사람들이 그를 주시하며 웅성거렸다. 그러나 그 남자는 경비원과의 약속을 어기고 또다시 소란을 피웠다.

"저건 거짓이다! 마지막 한 수가 아니다. 희망은 있다. 또 한 수가 남아 있다!"

주위 사람들이 비로소 그가 가리키는 체스판을 유심히 들여다보았다. 그림은 정말 인간이 함정에 빠져 패배한 것처럼 보였다. 하지만 체스의 명수인 그 남자는 완전한 패배 수가 아니며, 아직 반전의 길이 남아 있다는 사실을 발견했던 것이다.

다행히 인간에게는 마지막 한 수가 남아 있다. 그 한 수로 살아날 가능성이 있는 것이다. 사람들은 비로소 그 그림이 던져주는 깊은 의미를 깨닫고 큰 감동을 받았다.

악마의 유혹을 받은 인간은 지금 운명의 갈림길에 놓여 있다. 그러나 최후의 한 수는 언제나 남아 있다. 대역전을 노릴 기사회생(起死回生)의 한 수가. 그래서 인간에게는 아직도 희망이 있다.

나를 강화시켜라

흔히 미래에 대한 희망을 이야기할 때마다, 주위를 둘러싼 온갖 장애물을 어떻게 극복하고 희망의 싹을 자라게 할 것인가 머리가 아플 것이다. 이것을 알기 위해 체스 게임의 작전을 상기해볼 필요가 있다. 악마를 물리칠 묘수도 중요하지만, 맞수인 이쪽의 선을 강화하려는 노력도 중요하지 않겠는가!

질병을 이겨내는 가장 효과적인 방법은 약물로 세균이나 독소를 죽이기에 앞서 자신의 신체를 적극적으로 강화하는 것이다. 충분한 영양과 휴식을 취한 육체는 외부의 적에 자동적으로 저항한다. 생명의 저울추는 늘 희망과 절망 사이를 왔다갔다하는데, 생명을 지키는 힘인 희망의 무게를 증대시킴으로써 저울추를 유리한 방향으로 돌릴 수 있다. 절망과 싸우기보다 희망을 강화하는 편이 훨씬 더 효과적인 것이다.

생존하기 위해서는 강인하고 이로운 성질을 살려나가야 한다. 자기 스스로를 직시하기 위해서도 이와 같은 능력이 필요하다. 인간의 최대 적은 이성적인 행동을 방해하는 본능이다. 공포, 소심, 무기력, 비겁 따위는 늘 인간의 활동을 억제하려 하고 있다.

한 가지 비유를 들어보자.

개구리 세 마리가 우유통에 빠졌다. 첫 번째 개구리는 '모든 것은 하느님의 뜻에 달렸다'고 생각하고 아무것도 하지 않았다. 두 번째 개구리는 '우유가 너무 깊어 이 통에서 빠져나간다는 건 도저히 불가능하다'

고 생각하면서 역시 아무것도 하지 않다가 빠져죽었다. 그러나 세 번째 개구리는 비관도 낙관도 하지 않고 현실을 잘 판단했다.

'아무래도 일이 단단히 잘못되었군. 어쩌면 좋지?'

그렇게 고민하면서 코를 우유 밖으로 내밀고 천천히 뒷다리를 움직이기 시작했다. 그러던 중 딱딱한 물체가 발에 닿았다. 그래서 뒷다리를 딛고 설 수 있었다. 버터였다. 다리를 움직여 우유를 휘젓는 동안 버터가 만들어졌고, 그래서 그 위를 딛고 마침내 통 밖으로 뛰어나올 수 있었다.

절망할 필요가 없다. 줄기차게 계속 헤엄치는 것이다.

셰익스피어의 오류

유대인에 대한 편견은 유럽을 비롯한 서구 문화권뿐만 아니라 동양에
도 분명히 존재하고 있었다. 그런데 놀랍게도 서양과 달리 동양인이 느
끼는 대부분의 편견과 선입관이 셰익스피어의 『베니스의 상인』에 나오
는 샤일록에 의해 형성되었다는 점이다. 유대인이라고 하면 곧 돈에는
인정사정도 없는 냉혹한 장사꾼이라는 것이다.

그러나 셰익스피어는 실제로 유대인을 만난 적이 없었다. 그가 살아 있을 당시의 영국에는 단 한 사람의 유대인도 없었기 때문이다. 그들은 셰익스피어가 태어나기 훨씬 전에 모두 영국에서 추방당했다. 셰익스피어는 단지 상상만으로 유대인에게 악역을 맡겼던 것이다.

동양에는 유대인의 게토가 없었고, 대부분의 동양인은 유대인을 만난 적이 없다. 셰익스피어가 단 한 번도 만난 적이 없는 유대인을 관념만으로 악역을 맡겼듯이, 동양인들 또한『베니스의 상인』을 읽음으로써 한 번도 마주친 적이 없는 유대인에게 악역을 맡겨버린 셈이다.『베니스의 상인』은 뛰어난 문학작품임에 틀림없지만, 유대인에게는 참으로 유감 많고 위험한 책이 아닐 수 없다.

이 책의 내용을 살펴보면, 샤일록은 반드시 갚겠다는 맹세를 받고 나서 돈을 빌려준다. 그러나 상대방은 약속을 지키지 못한다. 뿐만 아니라 오히려 샤일록을 무겁게 처벌하고, 그의 딸을 빼앗았으며, 종교까지 바꾸라고 강요한다.

셰익스피어가 샤일록의 대사를 '1파운드의 살은 필요없다. 다만 나는 일단 약속을 했으면 그 약속을 어겨서는 안 된다는 것을 가르쳐주기 위해 1파운드의 살로 비유했을 뿐이다' 라는 식으로 끝을 맺게 했다면 이야기는 아주 달라졌을 것이다.

물론『베니스의 상인』은 당시 유럽을 지배하고 있던 유대인에 대한 편견을 실증하고 있다는 역사적인 가치는 있다. 셰익스피어가 유대인을 알지 못한 채 샤일록을 악역으로 단정하는 것과 마찬가지로, 단 한 명의 유대인도 알지 못한 채『베니스의 상인』을 읽고 '유대인은 나쁜 놈이다', '유대인은 교활하다', '유대인은 냉혹하다' 라고 단정하는 사람이 있다면 그는 셰익스피어와 똑같은 오류를 범하고 있는 것이다.

하늘을 나는 말

유대인은 매사에 낙천적이었다. 이것은 그들이 오랫동안 수난과 질곡의 삶을 이어왔기 때문인지도 모른다. 절망적인 나날 속에서도 그들은 언젠가 반드시 좋아지리라는 신념을 갖고 살아왔다. 그러지 않았다면 오늘날 유대인은 단 한 명도 살아남지 못했을 것이다.

유대인은 유월절(逾越節, passover)에 「아니마민」이라는 노래를 합창하는데, 헤브라이어로 '나는 믿는다' 라는 뜻의 아름다운 노래다. 이 노래는 아우슈비츠 수용소 안에 있던 유대인들이 지었다. 죽음을 눈앞에 둔 상황에서도 '우리는 구세주가 올 것이라고 믿고 있다. 단지 조금 늦게 올 뿐이다' 라는 노래로 스스로를 위로했다. 용기와 희망은 스스로 버리지 않는 한 누구도 빼앗을 수 없는 것이다.

오래된 유대 동화 중에 「하늘을 나는 말」이라는 이야기가 있다.

왕의 노여움을 산 한 사내가 사형을 선고받았다. 사내는 왕에게 구명을 탄원하며 이렇게 말했다.

"만약 저에게 1년만 더 살게 해주신다면, 왕께서 가장 아끼는 말에게 하늘을 나는 방법을 가르치겠습니다."

그러면서 1년이 지났는데도 그 말이 하늘을 날지 못하면 그때 자기를 처형해도 좋다고.

왕은 그 탄원을 받아들였고, 그의 사형은 1년간 유예되었다.

감방 죄수들이 사내에게 물어보았다.

"말이 어떻게 하늘을 날 수 있는가?"

그러자 그는 미소를 지으며 이렇게 대답했다.

"그 1년 안에 왕이 죽을지도 모르고, 또 내가 죽을지도 모르지. 어쩌면 저 말이 죽을지도 모르고 말이야. 앞으로 무슨 일이 벌어질지 앞날을 어떻게 알겠는가. 정말로 말이 날게 될지도 모르지 않는가!"

무슨 일이든 쉽게 체념해서는 안 된다. 인생은 변화무쌍하며, 얼마든지 변화할 수 있는 다양한 가능성을 내포하고 있다.

역경은 인간을 강하게 만든다

이스라엘에 가보면 흰 유대인부터 검은 유대인에 이르기까지 피부색이 다양하다. 남예멘에서 온 이스라엘인과 동유럽에서 온 유대인은 피부색뿐 아니라 생활습관도 크게 다르다. 유대인이란 피부색과 상관없이 유대교를 믿는 사람을 말하기 때문이다.

중세에는 유대인이 박해를 받고, 집이 불태워지고, 무자비한 죽음을 당할 때도 유대교를 버리기만 하면 박해는 중지되었다.

유대인은 자신들의 역사를 매우 중요하게 여긴다. 그들의 역사는 모든 유대인이 스스로 체험한 것과 마찬가지다. 그들이 어떻게 박해를 받았고, 얼마나 비참했는가에 대한 이야기는 너무나 많다.

나치스가 동유럽을 점령했을 당시에 한 집안 이야기가 있다. 이 이야기는 최후까지 살아남은 조수아가 들려준 실화다.

대다수의 유대인이 그러했듯, 작은 마을의 한 유대인 일가가 창고의 지붕 아래 다락방에 숨어 있었다. 나치스가 한 명의 유대인이라도 놓치지 않으려고 눈에 불을 켜고 있을 때 모두 다섯 명이 숨어 있었던 것이다.

양친과 열 살 난 딸 레이첼, 여덟 살 난 아들 조수아, 그리고 삼촌 야곱
이었는데 이웃 주민들의 도움으로 간신히 끼니를 해결하고 있었다.

이들은 말소리 대신 손짓이나 몸짓으로 이야기하는 법을 익혔다. 순찰
대가 가택수색을 할 때마다, 낯선 사람들이 방문할 때마다 쥐죽은듯이
엎드려 있어야 했다. 가까이서 발소리라도 나면 양친은 레이첼과 조수
아의 입을 손으로 틀어막았다. 가끔씩 물이나 먹을 것을 구하러 양친과
삼촌이 밖으로 빠져나갔다.

다락방에 숨어지낸 지 3개월째 되던 어느 날, 밖에 나갔던 어머니가 돌

아오지 않았다. 나중에야 누군가의 신고로 어머니가 독일군에 붙잡혔다는 사실을 알았다. 또 2개월 후에는 아버지가 나가서 돌아오지 않았다. 이렇게 되자 레이첼과 조수아의 입을 틀어막는 역할이 삼촌 몫이 되었다. 그러나 그로부터 6개월 후, 삼촌이 나가자 총소리가 울렸다. 그날 이후로는 누나 레이첼이 먹을 것과 물을 가져와야 했다. 무슨 소리라도 나면 누나가 조수아의 입을 틀어막았다. 그러나 그것도 오래가지 못했다. 남매가 어두운 다락방에 숨어지낸 지 한 달도 못 되어 이번에는 누나가 돌아오지 않았다. 그후로 무슨 소리라도 나면 조수아는 자기 손으로 자기 입을 틀어막았다.

유대인이 오늘날까지 살아남은 것은 그들이 결코 절망하지 않았기 때문이다. 긴 역사를 통해 아무리 박해받고 짓밟히더라도 반드시 살아남는다는 사실을 믿고 있었다. 그래서 온갖 역경을 극복할 수 있었던 것이다. 『탈무드』는 말하고 있다.

'인간의 눈은 흰 부분과 검은 부분으로 이루어져 있다. 그런데 신은 왜 검은 부분을 통해서만 물체를 볼 수 있게 했는가? 인생은 어두운 사실을 통해 밝은 것을 볼 수 있기 때문이다.'

신념은 빼앗기지 않는다

제2차 세계대전 당시 나치스의 점령 하에 있던 동유럽의 어느 유대인 거리에서 벌어진 일이다.

유대인들이 줄지어 서 있고 군중이 모여 있었다. 나치스 장교가 유대인

일행 중에서 한 교사를 앞으로 끌어냈다.

장교가 교사에게 말했다.

"유대교를 버리시오. 그러면 새 직업을 주고 생활에 아무런 곤란도 느끼지 않게 해주겠소."

장교는 그 교사가 유대교를 버린다면 다른 유대인들도 동참할 거라고 판단했다.

그러나 교사는 단호히 거절했다.

"안 됩니다."

"당신이 믿는 신 따위는 저주해버리시오. 그러면 당신의 목숨도, 가족의 안전도 보장해주겠소."

"그렇게는 못합니다."

"유대교를 포기하시오."

"절대로 안 됩니다."

교사의 목소리는 한결 차분하고 분명했다.

"절대로 안 된다고? 당신은 지금 무슨 짓을 하고 있는지 알고 있소? 만약 끝까지 버틴다면 본보기로 당신을 죽여버릴 수밖에 없소. 그래도 계속 고집을 부릴 거요?"

광장으로 끌려나온 다른 유대인들은 침이 바싹 말랐다. 그들의 시선은 팽팽하게 맞선 장교와 교사에게 쏠려 있었으며, 어떤 이는 조용히 눈을 감고 있었다.

"너의 신이 네 자신의 생명보다 중요하단 말이냐?"

"당신은 절대 나의 신념을 바꿀 수 없습니다."

장교의 얼굴이 험악하게 일그러졌다. 이윽고 그가 권총을 뽑아 교사를 향해 방아쇠를 당겼다. 총소리가 울려퍼졌고 총알은 교사의 어깨를 꿰뚫었다. 피를 흘리며 바닥에 쓰러진 교사가 나지막이 중얼거렸다.

"아드시엠 후 할로킴, 아드시엠 후 할로킴(신은 어디까지나 신, 신만이 신이다)."

"이 더러운 유대놈!"

장교가 소리쳤다.

"우리가 너의 신보다 강하다는 것을 아직도 모르겠는가? 네가 유대교를 버리겠다고 한마디만 하면 널 치료해 살려주겠다."

교사가 괴로워하면서 말했다.

"안 됩니다."

장교는 잠시 기가 막힌 듯이 서 있다가 다시 권총 방아쇠를 당겼다. 두 발, 세 발, 네 발…… 총소리가 연이어 울리는 가운데 교사가 죽어가면서 말했다.

"안 됩니다, 안 됩니다……."

인간에게 신념보다 중요한 것도 없다. 신념이 없는 인간은 설득력이 없다. 인간이 타인을 믿는 진정한 근거는 그 자신이 자신감을 갖고 있느냐 그렇지 않느냐. 그 자신감이 신념의 근원이다.

인생은 바이올린 현과 같은 것

지금 이 순간까지 살아온 인생을 한번 돌이켜보자. 당신은 지금껏 누구에게 도움을 받아왔는가?

그 첫 번째는 부모님일 것이다. 그들은 자식 걱정에 단 하루도 마음을 놓지 못했다. 그리고 선생님이 있을 것이다. 그들은 제자들이 올바르게 성장하는 것을 기쁨으로 알아왔다. 그렇다면 당신에게 일자리를 준 고용주는 어떠한가? 그는 당신의 재능이 십분 발휘되도록 최대한의 지도를 아끼지 않았을 것이다. 당신은 친구에게 도움을 받지는 않았는가? 혹은 전혀 알지 못하는 사람에게 도움을 받은 적은 없는가? 이런 식으로 돌이켜보면 사회 속에서의 한 개인은 누구든 혼자 힘으로 살아왔다고 주장할 수 없다.

설사 현재 자신의 상태가 고통스럽고 힘들더라도 절대 남을 미워하거나 마구잡이식으로 사회에 불만을 터뜨려서는 안 된다. 만약 바이올린의 현이 팽팽하게 조여 있지 않다면 고운 음색을 낼 수 없다.

포기하기에는 아직 이르다. 이 현은 많은 가능성을 내포하고 있어서,

그것을 켜는 사람에 따라 훌륭한 음색을 연출할 수 있다.

바이올린 현을 팽팽하게 당기면 소리를 낼 수 있는데, 끊어지지 않는 한 현을 팽팽하게 유지해야 한다. 이와 마찬가지로 인간도 팽팽한 긴장 속에서 노력을 기울임으로써 비로소 아름다운 음색, 곧 아름다운 삶을 향유할 수 있다.

인생을 살다 보면 고생이나 인내도 필요한데, 바로 그때 자신 속에 감추어져 있던 가장 아름다운 음색을 드러낼 수 있다. 진정한 고통과 추함을 아는 사람일수록 진정한 기쁨과 아름다움의 진가를 음미할 수 있다. 자신을 최대한 당겨 옥죄면서 고생한 적이 없는 인간은 마치 꽉 조이지 않고 버려진 바이올린 현처럼 신이 부여하여 자신의 내부에 감추어진 가능성을 발휘할 수 없다.

유대인의 상술

유대인은 전 세계적으로 상술이 뛰어나다고 알려져 있다. 제2차 세계대전이 끝난 후 각 나라마다 국가 재건에 열을 올리고 있을 때, 유대인 상인들이 찾아가 그들의 제품을 헐값에 사들이려 했다는 이야기도 과장되어 전해지고 있다.

물건 값을 깎는다는 것은 비즈니스의 기본 원칙이다. 누구나 싼값에 물건을 사들여 가능한 한 비싸게 팔려고 한다. 이것은 유대인뿐만 아니라 어느 나라의 상사(商社)든 매한가지다.

누군가를 기만하고 이용하는 것과, 흥정을 통해 값을 깎는 것은 전혀 다르다. 쌍방의 합의로 거래가 성립된 이상 정당한 비즈니스에 해당한다. 유대인만 무자비하게 물건 값을 깎는다거나 헐값에 후려친다고 흔히들 말하지만, 이런 주장은 악의와 편견에 불과하다.

오히려 대부분의 유대인은 상점에 들어가 물건 값 깎는 행위를 좋아하지 않는다. 상품의 값을 깎는다는 것은 인간의 위신에 관계된다거나 시간낭비라는 생각을 가지고 있다. 물론 소매점에서 물건을 사는 경우 그렇다는 것이다.

한편으로 값을 깎지 않고 물건을 사는 것, 즉 정찰제를 고안해낸 것도 유대인이었다. 백화점 또한 유대인이 미국에서 완성시킨 것으로, 그 원칙은 상품을 정가대로 팔고 모든 상품을 갖춘 상점이라는 것이다. 이 상법은 유대인이 고안해낸 것으로 짐벨스, 메이시스, 니만마르커스 등 미국의 대형 백화점들은 모두 유대인이 경영하고 있다.

이런 식의 백화점은 미국으로 이민한 유대인이 처음에 손수레를 끌고

거리를 다니면서 물건을 팔아 한푼 두푼 모아 일군 것이다. 한 대의 손수레에 여러 가지 물건을 실었던 것처럼, 유대인은 하나의 지붕 밑에 온갖 종류의 상품을 진열했다. 또한 물건을 대량으로 취급하면서 구입가격을 낮출 수 있었다.

이렇듯 유대인은 새로운 분야를 개척하고 그때까지 없었던 것을 처음으로 만들어냈다. 그래서 타고난 장사꾼처럼 보일 뿐이다. 오늘날 많은 유대인이 상인으로 변한 이유는 그것밖에는 살아갈 방법이 없었기 때문이다.

그들은 오랫동안 엄격한 차별을 강요당하며 살아왔다. 중세 유럽에서 유대인에게 허용된 세계는 비즈니스뿐이었다. 그리고 경제적으로 늘 한계영역 안에 놓여 있었다. 아무리 능력이 뛰어나도 그들은 상류사회에 속할 수 없었고, 클럽 가입도 인정되지 않았다. 이런 온갖 제약에서 벗어나기 위해서는 선구자로서 새로운 영역을 개척해나가야 하는 것이 그들의 숙명이었다.

엄격한 상도

『탈무드』에서 한 랍비는 이런 말을 한다.

"인간이 죽어서 천국의 문에 이르면 가장 먼저 듣게 되는 질문이 '그대는 장사꾼으로서 정직했는가?' 이다."

신의 첫 질문이 기도를 얼마나 했는가, 자선을 얼마나 베풀었는가, 얼마나 많은 선행을 했는가가 아니라 '정직하게 장사를 했는가?' 라는 발상은 매우 흥미롭다.

하비인 E. 사먼터는 『토라』와 『탈무드』를 비롯한 유대의 도덕적 교훈을 일상생활에서 보다 많이 심어주려고 운동을 전개한 랍비로 명성을 남겼다.

랍비는 가축을 요리하는 데 사용하는 칼을 정기적으로 점검해야 하듯 (유대교의 계율에는 도축이나 요리를 할 때 랍비가 허가한 칼만 사용할 수 있다고 되어 있다) 상인이 정직하게 장사하고 있는가를 조사해야 한다. 그래서 게토의 상가를 돌며 상품의 중량과 크기, 품질, 가격 등을 조사했다. 오늘날의 소비자운동 역할을 했다고 할 수 있다.

장사를 할 때 정직함으로 일관한다는 것은 성전의 세계를 실현하는 것이라는 말이 있다. 부정한 상거래를 일삼는 자는 『토라』를 파괴하는 자라는 경고도 있다.

13세기의 위대한 랍비 모세 벤 야곱은 이렇게 말했다.

"고객의 종교나 피부색을 불문하고 파는 상품에 결함이 있다면 그 결함을 일러주어야 한다. 이것은 유대의 계율이다."

역시 유명한 랍비 모세 이삭도 말했다.

"양복을 재단하고 남은 천을 고객에게 돌려주는 양복점 주인, 품질이 좋은 가죽을 사용해 구두를 만드는 제화점 주인, 양을 속이지 않는 정육점 주인은 다음 생애에서 랍비보다도 풍요로운 생활을 할 수 있다."

랍비 솔로몬은 화폐위조범을 처벌하는 법률을 제정하는 것이 어떻겠느냐는 질문에 이렇게 대답했다.

"그럴 필요가 없다. 상거래에서의 도덕은 인간의 도덕 그 자체로, 그것은 인간의 명예에 관련된 문제다. 명예가 법률보다도 인간에 대한 구속력이 훨씬 더 강하기 때문에 필요가 없는 것이다."

어떤 사회라도 철면피나 악인이 있는데, 유대사회라고 예외일 수는 없다. 그러나 세계의 어느 민족을 살펴봐도 이렇게 오랜 역사를 통해 상도덕을 거론하는 민족은 없다. 유대에는 반드시 엄수해야 할 상도(商道)가 있는 것이다.

유대인의 도덕은 보편타당하고 일상생활과 밀접하게 결부된 것이 대부분이다. 『탈무드』에는 매우 구체적인 예가 많이 나온다. 신을 믿는 유대인이라면 그 도덕에서 자유로울 수 없다. 상품을 너무 비싸게 팔아서는 안 된다든가, 상품의 품질을 일정하게 유지해야 한다는 식의 세세한 규정이 마련되어 있는 것이다.

등 불 을
밝 혀 라

고대의 유대 왕국에 적군이 공격해왔을 때
왕도, 신하들도 깊은 절망감에 사로잡혀
있었다.

왕은 어쩔 수 없이 이웃나라에 원군을 청하
기로 하고, 재상에게 문서를 만들라고 지시
했다. 하지만 병사들의 수만 놓고 보더라도
이미 적군과 상대조차 되지 않았다. 재상은
이런 판국에 누가 구원을 와줄지 떠올려보
고는 막막하여 붓을 움직이지 못했다.

그러나 재상은 어쩔 수 없는 운명에 놓인
왕국을 위해 정성을 다해 편지를 쓰려고 했
다. 한 장을 썼다가 버리고, 또 한 장을 썼
다가 찢었다. 그러는 사이 날이 저물었고,
부하가 등불을 가져다가 밝혀주었다.

재상이 다음에 쓸 문장을 생각하는 동안 날
은 더욱 어두워졌다. 부하가 등불을 바싹
들어올렸다. 밤이 점점 깊어갔고, 사방이 캄캄해졌다.
재상이 문득 입을 열었다.

"등불을 밝혀라!"

그는 자신도 모르게 편지에다 그 말을 써넣었다. 그런데 그 한마디가
이웃나라 왕의 마음을 움직였고, 얼마 후 수많은 구원병이 그들을 도와
주러 달려왔다.

약함을 인정하라

유대인은 인간에게 약한 면이 있다는 사실을 인정하고 있으며, 그 약함을 적당히 표현하는 것도 나쁘게 여기지 않았다.

유대의 신은 여호와 유일신(唯一神)이다. 인류 역사상 유일신을 믿었던 민족은 유대인이 최초였다. 그리스도교나 이슬람교에서도 유일신을 볼 수 있는데, 엄밀히 말해 이들 종교는 유대교에서 파생된 것이다.

유일신에는 절대적인 권위가 있다. 그리하여 신이 모든 권위를 독점해 버렸으므로 지상에는 절대적인 권위가 있을 수 없다는 신념을 낳았다. 유대인에게는 히틀러도, 스탈린도, 마오쩌둥도 관련이 없다. 지상의 권위를 대수롭지 않게 여길 수 있는 것이 유대교의 힘이다.

유일신은 절대신(絶對神)이기도 하다. 그렇지만 유대인은 신에 대한 불평불만을 끊임없이 남겨놓았다. 유대교에 의하면 신은 유대인과 계약을 맺었고, 따라서 그들은 신에 의해 선택된 민족이라고 규정했다. 『탈무드』에는 '하느님은 모든 민족 가운데서 유대인을 선택하셨다고 하는데, 왜 하필 우리만 선택해버렸는가?' 라며 개탄하고 있다.

또 이런 말도 있다.

'만약 하느님이 이 지상에 사신다면, 그분의 집에는 유리창이 한 장도 남아나지 못할 것이다.'

사람들이 불만을 터뜨리며 돌을 던져 유리창을 모두 깨뜨릴 것이라는 말이다.

이외에도 신에 대한 야유와 조롱은 끝이 없을 지경이다.

'하느님께 질문을 해서는 안 된다. 답이 듣고 싶다면 일단 올라오라고 하실 것이다.'

'하느님은 얼마나 공평하신가. 부자에게는 먹을 것을 주시고, 가난한 자에게는 식욕을 주시니.'

'하느님은 가난한 자를 사랑하신다. 그러나 부자는 도와주신다.'

상황이 이 정도니 하느님 쪽에서도 가만있을 리 없다. 역시 유대인들이 하느님의 말씀을 전해왔다.

'하느님은 인간을 3단계로 측정하신다. 그가 어렸을 때에는 그의 허물을 용서하신다. 그가 청년이 된 후에는 그가 설정한 목표에 따라 측정하시고, 나이를 먹으면 하느님은 그가 뉘우칠 때까지 기다리신다.'

『탈무드』에는 아브라함이 어느 노인의 천막을 방문했을 때의 에피소드가 적혀 있다.

노인은 우상숭배자였다. 아브라함은 밤을 꼬박 새워가며 그에게 개종(改宗)을 권했지만 성공하지 못했다. 아브라함은 끝내 설득을 포기하고 자기 집으로 돌아와버렸다. 그리고 그날 저녁부터 노인을 찾아가지 않았다. 그러자 그날 밤 꿈에 하느님이 나타나 말했다.

"나는 그 노인을 무려 70년이나 기다려왔다. 그런데 너는 고작 하룻밤만에 포기한단 말이냐?"

유대인의 사랑법

5

여자의 질투

여자의 질투심은 매우 강하다. 사랑은 맹목적이라고 하는데 질투야말로 맹목이며, 그래서 유대 속담에 '질투는 천 개의 눈을 가졌다' 라는 말이 있을 정도다.

여자의 질투심도 감당하기 힘들지만, 남자의 질투도 좋지는 않다. 오래된 유대의 수수께끼 가운데 이런 것이 있다.

"랍비님, 당신은 모든 것을 알고 계시니 묻겠습니다만, 만약 아담이 외박을 하고 이튿날 아침에야 돌아왔다면 이브는 어떻게 했을까요?"

랍비가 간단히 잘라 말했다.

"그 즉시 아담의 갈비뼈 수를 헤아려보았을 것이오."

이브는 아담의 갈비뼈로 만들어졌으므로, 만약 갈비뼈가 모자라면 또 한 명의 여자가 생긴 셈이 된다. 질투에 눈이 멀더라도 이 정도의 합리성만 갖춘다면 큰 문제는 아닐 것이다.

　　　질투만큼 무서운 것도 없다.

　　　　'사랑은 맹목적이지만, 질투는 이보다 더 나쁘다. 보이지 않는
　　것까지 보아버리니까.'

그렇다. 질투는 보이지 않는 것까지 보아 꼬리를 잇대어 망상을 낳는다. 성서의 『창세기』에는 인간이 신이 금지한 금단의 열매를 따먹었기에 불행이 시작되었다고 쓰여 있다. 사실 이 금단의 열매는 지식의 나무에 열려 있었던 것이오, 따라서 인간은 아는 것에 의해 불행해진다는 점을 경계하고 있다.

철두철미하지 못한 앎은 두려운 일이다. 그런 정도의 지식은 망상의 씨앗을 낳기에 충분하다. 그래서 '질투에 미친 마음은 뼈까지 썩혀버린

다' 고 하는 것이다.

그렇지만 서로 사랑하는 두 사람의 경우에는, 질투 역시 애정의 기준이 된다는 점을 잊어서는 안 된다. 질투의 불이 사그라졌다면 이별의 날이 가까워졌다는 반증인 셈이다.

그래서 『탈무드』는 다시 말한다.

'시샘하지 않는 연인은 진심으로 사랑하지 않는 것이다.'

사랑이란

유대인은 정열적이고 격렬한 연애를 예찬하지 않는다. 인간이기 때문에 연애를 하고 그것을 부정하지는 않지만, 건전하고 올바른 눈으로 남녀관계를 직시한다.

『탈무드』에서는 인간에게서 기침 · 가난 · 사랑하는 마음을 감출 수 없다고 말한다.

또 이렇게 말한다.

'정열 때문에 결혼하더라도, 그 정열의 흥분은 오래 계속되지 않는다.'

사랑이 격렬할수록 그 사랑의 수명은 단축된다. 흥분은 오래 지속되지 못하기 때문이다.

『탈무드』는 이처럼 격렬하고 지나친 것에 대해 경고하는 한편, 사랑을 한결같이 귀중한 것으로 바라보았다.

'사랑은 달콤한 잼이다. 그러나 인생이라는 빵과 함께 먹지 않으면 살아갈 수 없다.'

유대인은 지극히 현실주의자인 것이다.

『탈무드』는 또 말한다.

'사랑은 정신을 미치게 만든다.'

'경솔한 사랑은 중대한 결과를 잉태한다.'

'사랑과 증오는 언제나 과장되고 있다.'

'허니문은 1주일로 끝난다. 그러나 일생은 1주일로 끝나지 않는다.'

사랑이 전부는 아니다

연애, 즉 사랑이란 멋진 것이다. 그러나 이 연애라는 것은 골프, 낚시, 야구경기, 시험, 저축, 스케이트 같은 것에 직접적인 도움이 되지 못할 뿐만 아니라 우리의 일상생활에 보탬이 되지도 않는다.

연애가 인생의 모든 것은 아니다. 사랑이 생활의 모든 것을 채워줄 수는 없다. 만약 사랑이 인생의 전부라면 비가 올 때 지붕이 되어주고, 추운 날에는 털외투가 되어주어야 한다. 그렇다면 서로 사랑하고 있는 에스키모들은 털가죽이나 얼음집 없이도 에덴의 아담과 이브처럼 살 수 있을 것이다.

우리의 일상생활에는 빵을 비롯해 생선, 채소, 구두, 전화, 칫솔 같은 수많은 종류의 잡화가 필요하다.

'사랑이 아무리 멋져도 테니스에는 무용지물이다' 라는 격언이 있는데, 사랑을 무엇이든 해결해줄 수 있는 만능의 것으로 여기는 생각을 경계하고 있다.

'금과 은은 불에 달궈진 다음에야 빛을 낸다'는 말은 '뜨거운 정열 때문에 결혼한다고 해도 정열이란 결혼만큼 오래 지속되지 못한다'는 경우를 좀더 보충 설명할 때 인용되고 있다.

확실히 금과 은은 정열이라고 하는 뜨거운 불에 달구어지지 않고는 찬란한 금·은그릇이 만들어지지 않는다. 그렇다고 항상 뜨겁게 달궈지고 녹아 있는 상태에서는 우리의 실생활에 소용되지 않는다.

남녀가 결합하고 난 뒤에는 뜨거운 정열보다 이미 만들어져 냉각된 금·은그릇처럼 냉정한 마음자세를 가져야 보다 즐겁고 안정된 결혼생활을 영위해나갈 수 있다.

결혼 중매인

유대인에게 결혼은 신성한 것이다. 『창세기』에도 '생육하고 번성하여 땅에 충만하라' 고 하느님이 명령하고 있다.

신은 또 남자가 적령기가 되면 아내를 맞아들여 한 몸이 되어야 한다고 일러두고 있다. 즉 남녀 모두에게 결혼이란 신에 대한 의무라고 말이다. 그래서 『탈무드』에서도 열여덟 살이 되면 결혼을 해야 한다고 가르치고 있다.

유대사회에서는 오랫동안 샤드쿤이라는 직업적 중매인이 활동해왔다. 이 중매인은 모든 도시나 마을에 어떤 총각이나 처녀가 적령기를 맞았는지를 파악하고, 그들을 서로 알맞게 맺어주는 역할을 했다. 그러나 유대인들은 신이 가장 유능한 샤드쿤이라고 생각하고 있다.

유대사회에서는 며느리와 시어머니의 분쟁이 적다고 한다. 왜냐하면 결혼한 부부가 부모와 한 지붕 아래서 함께 사는 것을 금하고 있기 때문이다.

'젊은 남자가 결혼하면 어머니를 떠난다.'

'아침에 일찍 일어나는 것과, 일찍 결혼하는 것은 나쁜 일이 아니다.'

'결혼하면 죄가 감면된다. 여성이 빨리 결혼해야 하는 것은 여성이 남성보다 죄가 많기 때문이다.'

또 '살아 있던 남자가 후베에 들어가서 시체가 되어 나온다' 는 말도 있는데, 이것은 결혼에 대한 꽤 좋지 않은 코멘트다. '후베' 란 유대인이 결혼할 때 신랑신부가 그 밑으로 들어가는 캐노피(차일 같은 것)를 말한다. 유대인은 남자아이가 태어나면 삼나무를 심고, 여자아이가 태어나면 소나무를 심는다. 그래서 그들이 결혼할 때 이 나무의 가지로 캐노피를 만든다.

결혼행진곡

유대인들은 조상이 남겨준 교훈을 받아 일정한 규율 속에서 생활하는 것이 살아가기 쉽고 평안하다고 말하고 있다. 유대인들의 지혜와 기본적인 생활태도는 바로 여기서 비롯되었다.

결혼 기념 반지는 유대인들이 처음 생각해냈다. 원, 즉 둥근 것은 시작도 끝도 없으므로 결혼도 반지처럼 영원을 상징하는 것이다. 유대인들의 결혼식에서는 신부가 신랑 주위를 일곱 번 도는데, 이것 역시 반지처럼 영원한 인연을 상징하는 것이라고 한다.

또 유대사회에는 '결혼은 연애의 자명종시계'라는 속담이 있다. 결혼이란 그리스도교에서 표방하는 것처럼 남녀가 하나로 합쳐지는 것이 아니라 함께 공동생활을 꾸려가는 것이라고 보아야 한다.

결혼식의 연주음악은 군악대의 음악처럼 활기차다. 결혼식에 초대받아 갔을 때 주의 깊게 귀기울여보라. 웨딩마치가 울리면 자신의 결혼식 당시를 떠올려보라. 결혼식은 마치 두 전사가 전쟁터를 향해 나아가는 것과 같다. 이 시각 이후부터 남녀는 서로 싸우고 상처를 입을 것이다. 그리고 세월이 흘러 나이를 먹으면 두 사람은 부상병의 심정으로 서로를 위로할 것이다.

건전한 섹스

그리스도교를 비롯한 동양의 몇몇 종교는 결혼을 필요악으로 생각하고 있다. 하지만 유대교에서는 절대 그렇게 여기지 않는다. 『탈무드』의 현인들은 성의 충동을 자연스러운 것으로 파악했으며, 결코 악이라고 생각하지 않았다.

유대교에서는 성년이 되었는데도 결혼을 하지 않는 남자는 의무를 다하지 못한 사람으로 간주한다. 왜냐하면 하느님은 '생육하고 번성하여 땅에 충만하라'고 인류에게 명령했기 때문이다. 『탈무드』는 '아내를 가지고 있지 않은 자는 남자라고 부를 수 없다'고까지 말하고 있다.

| 『탈무드』가 들려주는 성에 관한 7가지 가르침 |

1. 성적인 의무를 태만히 하는 자는 죄를 범하고 있다.

2. 남편은 아내의 성적인 욕망을 충족시켜주어야 한다.

3. 여자 쪽에서 성적인 욕망을 밝히는 것은 좋은 일이다.

4. 성적인 욕구는 여자 쪽이 더 강하다. 여자는 편안한 생활을 하면서 성적 불만을 느끼기보다는 가난할망정 성적 만족을 누리려 한다.

5. 성행위를 가질 경우에는 여자가 먼저 절정에 이르러야 한다.

6. 여자가 깨끗한 날(월경을 하지 않는 날)에는 언제든 성행위를 가져도 좋다. 몸의 어느 부위를 애무해도 좋고, 어떤 체위라도 좋다.

7. 욕망을 느끼더라도 며칠 정도는 참는 편이 좋다.

유대의 여성

유대사회는 부계(父系) 중심의 사회다. 그래서 아버지가 가정의 권위를 갖고 있다. 그렇다고 여성이 일방적으로 학대를 받아온 것은 아니다. 고대부터 유대사회에서 남자와 여자는 평등했다. 이집트로부터 이스라엘을 해방시킨 것이 미리암이었고, 유대 독립의 영웅 드보라도 있다. 성서의 잠언에서도 여성이나 어머니는 찬양과 존경의 대상이다. 최고의 가치를 지닌 헤브라이어 중에 '라하마라트'라는 말이 있는데, 바로 '어머니의 사랑'이라는 뜻이다. 유대 속담에 '신은 모든 곳에 머물 수 없으므로 어머니를 만들었다'는 말이 있다.

유대사회에서는 남자가 독립하여 아내를 맞아들이지 않으면 남자로 대접받지 못한다. 그리고 사내의 강인함과 여성의 상냥함을 겸비한 자를 이상적인 남성상으로 정의하고 있다.

『탈무드』에는 다음과 같은 글이 쓰여 있다.

'당신의 아내를 자기를 아끼듯이 사랑하고 돌보십시오. 여자를 울려서는 안 됩니다. 하느님은 그녀의 눈물을 한 방울씩 세고 계실 것입니다.'

유대의 전통에서 여성은 매우 중요한 위치를 차지해왔다. 실례로 매주 금요일(사바스)에 온가족이 모여 식사를 할 때, 남편은 아내를 찬양하는 말로 노래를 부르게 되어 있다.

"당신은 힘과 온순함을 두루 겸비하고 있으니 당신이 입을 열면 지혜로운 말이 넘쳐나는구려. 하느님이 당신을 축복하시고 당신의 아이들을 지켜주시기를……."

그러면 아내는 조용히 촛불을 켠다.

유대사회에서는 아내를 구타하는 행위를 매우 수치스럽게 여기고 있다. 그러나 유럽과 중동의 다른 민족에서는 이런 일이 너무나 잦다. 중세의 가톨릭 교회법에서는 아내에 대한 구타를 용인하고 있다. 영국에서도 15세기 말까지 법적으로 아내를 때리는 것을 장려했으며, 19세기에는 아내를 매도(賣渡)하는 행위까지 허용했다.

그러나 유대사회에서는 예로부터 아내를 때린 자에게 엄중한 처벌을 내렸다. 아내는 소송만 제기하면 이혼을 할 수 있었고, 남편으로부터 위자료를 받아낼 수도 있었다.

미국 사회에서는 최근에야 남편에게 강간당한 아내가 법원에 호소해 인정을 받았는데, 유대에서는 이런 사례가 고대부터 존재해왔다. 곧 남편은 아내가 원치 않을 때에는 관계를 강요할 수 없다는 것이다. 이른바 남편의 강간죄라는 것이 유대의 율법 속에 존재하고 있다.

유대사회에서는 이혼율이 아주 낮다. 그것은 유대인 남성이 상대 여성을 소중히 여기는 전통에서 나온 것이다.

악처에 대한 경계

유대사회는 남성 우월적인 면이 강한데, 특히 교육적인 측면에서 그러했다. 모든 남자아이는 여섯 살 이전에 성서를 읽어야 하지만 여자아이는 꼭 그렇지 않았다. 그러나 여성이 교육받는 것을 금지하고 있지는 않았다. 1475년 로마의 유대사회에 여성을 위한 탈무드 학교가 설립된 것만 보더라도 동시대의 다른 여성들보다 교육수준이 높았다는 사실을 알 수 있다. 전후(戰後) 이스라엘에서 세계의 어느 나라보다 먼저 여성 총리(골다 마이어)가 탄생했음을 기억할 필요가 있다.

그러나 유대인 여성들은 동시에 남편의 학업을 돕고 성공을 도와야 하며, 육아와 가사에 주력해야 했다.

『탈무드』에 다음과 같은 글이 있다.

'하느님이 처음 여자를 창조할 때 남자의 머리로 여자를 만들지 않은 것은 여자가 남자를 지배하지 못하게 하기 위해서다. 또한 남자의 발로 만들지 않은 것은 남자의 노예가 되어서는 안 되기 때문이었다. 하느님은 여자를 남자의 갈비뼈로 만듦으로써 여자가 늘 남자의 마음 가까이 있게 했다.'

여성이 남성의 갈비뼈로 만들어졌다고 하는 이야기는 유대인들만의 이야기가 아니다. 이런 이야기는 폴리네시아인, 미얀마인, 시베리아의 타르타르인 등에게도 이어져오는 전설이다. 혹자는 이런 전설이 그리스도교의 선교사가 『구약성서』를 전도하는 과정에서 그들의 전설에 포함되었다고 주장하지만, 어찌됐든 남성에게 여성은 영원한 수수께끼다.

『미드라시』에는 다음과 같은 이야기가 실려 있다.

알렉산더가 여자들만 사는 지방을 점령하려 했다. 그러자 여자들이 일제히 뛰쳐나와 말했다.

"만약 대왕께서 우리 모두를 죽인다면 온 세상이 당신에게 말할 것입니다. '대왕이 여자를 죽였다고!' 반대로, 만약 우리가 당신을 죽였다고 하면 세계는 '대체 어떤 대왕인가? 여자한테 죽음을 당한 자는!' 하고 말할 것입니다."

이래서는 남자가 설 자리가 없다. 그래서 『탈무드』는 악처(惡妻)에 대한 경계의 말로 다음과 같이 기록하고 있다.

'부모에게 불행한 일은 어리석은 자식을 둔 것이고, 남자에게 불행한 일은 악처를 거느린 것이다.'

'폭우는 남자를 집 안에 가둬두지만, 악처는 남자를 집 밖으로 내쫓는다.'

정열은 불이다

정열은 불이다. 그래서 없어서는 안 되지만, 그만큼 위험하다.
원시시대부터 불은 추위를 막아주고, 음식을 익혀주고, 생활에 유용한
도구를 만드는 데 꼭 필요한 것이었다. 전기가 발명되기 전에는 전등불
이 없어 낮에만 책을 읽었다.

그러나 불은 재산을 태워버리고, 전쟁과 같은 파괴에도 이용된다.

창조의 생활에서 정열은 불과 같이 빼놓을 수 없는 것이다. 그러나 정
열은 자기 자신은 물론 가정과 사회를 파괴하기도 한다. 정열은 '또 하
나의 불' 인 셈이다.

이 불이 없다면 우리는 살아갈 수 없다. 정열은 확실히 인생에서 중요한 역할을 한다. 하지만 조심하지 않으면 화상을 입고 몸을 망칠 수도 있다. 동서를 막론하고 옛날에는 밤이 되면 골목마다 '불조심, 불조심!' 하고 외치며 다니는 야경꾼이 있었다.

사람은 누구나 정열이라는 불을 자기 가슴속에 태우고 있다. 그러므로 야경꾼처럼 자기 자신에게 끊임없이 '불조심'을 외치며 살아야 한다.

위기를 모면한 부부

결혼한 지 10년이 된 부부가 있었다. 이들은 부부 사이가 좋아서 겉으로는 무척 행복해 보였다. 그런데 하루는 그 남편이 랍비를 찾아와 이혼을 허락해달라고 했다.

사정인즉, 이들 부부에게 아이가 없어서 친척들로부터 이혼을 강요받아왔다는 것이다. 유대의 전통에 의하면, 결혼한 지 10년이 지나도 아이를 얻지 못하면 이혼조건이 성립된다. 그러나 이들 부부는 서로 갈라서기를 원치 않았다. 그럼에도 가족과 친척들이 강력하게 요구하는 바람에 어쩔 수 없이 남편이 랍비를 찾아오게 된 것이었다.

남편의 이야기를 들은 랍비는 두 사람이 깊이 사랑하고 있음을 확인할 수 있었다.

대부분의 랍비들은 이혼 건에 대해 반대하는 입장이다. 왜냐하면 한번 결혼에 실패한 사람은 재혼해도 또다시 실패할 가능성이 높기 때문이다.

남편은 사랑하는 아내와 이혼을 하더라도, 아내에게 굴욕감을 주지 않고 평온한 가운데 헤어지고 싶어했다. 이에 랍비는 『탈무드』에 나오는 방법을 활용하기로 했다.

먼저 아내를 위해 성대한 잔치를 베풀고, 그 자리에서 지금까지 함께 살아오면서 아내가 보여준 훌륭했던 점을 자랑하고, 많은 이들 앞에서 아내가 직접 인사하도록 했다. 이들 부부는 서로 싫어져서 헤어지는 것이 아니었기 때문이다.

남편은 집으로 돌아가 랍비가 일러준 대로 가족모임 자리를 마련했다. 그 자리에서 아내는 눈물을 글썽이며, 자기는 남편을 진심으로 사랑하므로 남편과의 추억을 가슴 깊이 소중히 간직하겠다고 말했다. 그러자 가족들도 더 이상 이혼을 강요하지 못했다.

결국 이들 부부는 헤어지지 않았고, 그후 그토록 고대하던 아이까지 낳아 행복하게 잘 살았다.

개와 우유

개를 기르고 있는 집이 있었다. 개는 이 집 식구들과 오랫동안 함께 생활했고 식구들도 이 개를 무척 귀여워했다. 특히 다른 식구들보다도 막내아들이 유독 그 개를 좋아했다. 아이는 잠잘 때에도 침대 밑에다 재우는 등 개와 한마음이 되어 생활했다.

그러던 어느 날 그 개가 그만 죽고 말았다. 아버지는 슬퍼하는 막내아들에게, 개는 언젠가 꼭 죽게 되므로 어쩔 수 없는 노릇이라고 달랬다.

막내아들은 형제처럼 가깝게 지냈던 친구를 잃어버린 것을 슬퍼하면서 뒤뜰에다 개를 묻겠다고 했다. 하지만 아버지가 개를 집 안에 묻을 순 없다고 반대해 식구들 사이에 말다툼이 벌어졌다. 이에 아버지는 랍비에게 전화를 걸어, 유대 전통에 개를 묻어주는 의식이 있느냐고 물었다. 그 물음에 랍비는 선뜻 답변하기가 망설여졌다. 지금까지 숱한 문제를 상담해왔지만, 개에 관련된 문제는 처음이었던 것이다.

일단 랍비는 그 집을 방문하겠다고 약속한 다음 전화를 끊었다. 그러고는 『탈무드』에 개에 관한 이야기가 있는지 찾아보았다. 그런데 마침 다음과 같은 이야기가 있었다.

어느 날 뱀 한 마리가 집 안에 있는 우유통 속으로 기어들어갔다. 옛날 이스라엘의 농촌에는 뱀이 아주 많았다. 그런데 그 뱀은 독사였으므로 우유에 뱀독이 녹아들었다. 그 사실을 알고 있는 것은 마침 집을 지키

고 있던 그 집 개뿐이었다.

개는 식구들이 우유를 먹으려 하자 몹시 심하게 짖어댔다. 하지만 식구들은 개가 왜 그렇게 짖어대는지 알지 못했다.

식구들 중 한 명이 우유를 떠서 마시려 하는 순간 갑자기 개가 달려들었고, 그 바람에 우유가 엎질러졌다. 그러자 개는 우유를 핥아먹은 뒤 그 자리에서 숨을 거두었다. 그제야 식구들은 우유통에 독이 섞여 있다는 사실을 알게 되었다.

이튿날 개를 집 안에 묻는 문제를 놓고 말다툼이 벌어진 집을 찾아간 랍비는 식구들에게 이 이야기를 들려주었다. 그제야 아버지의 마음이 풀어졌고, 그 개는 막내아들의 바람대로 집 뒤뜰에 묻혔다.

비드온 슈바임

유대인의 『탈무드』는 두 부분으로 나눠져 있다. 하나는 율법이 담긴 『할라카(Halakah)』이고, 또 하나는 전설을 수록한 『하가다(Haggadah)』다. 『하가다』는 '미드라시'라는 이름으로도 알려져 있다. 『하가다』는 13세기에서 14세기에 걸쳐 프랑스와 아라비아에서 편찬된 것이다. 이 책에는 유대세계를 묘사한 이야기가 많이 실려 있다. 그중에 여러 인종을 태우고 항해하던 배에 관한 이야기가 있다.

이 배에는 로마인, 그리스인, 페니키아인, 그 밖의 여러 나라 사람들과 몇 명의 유대인이 타고 있었다. 그런데 한동안 평온하게 항해하던 배로 갑자기 해적떼가 습격하는 바람에 모두 해적의 포로가 되어 노예로 팔리게 되었다.

포로들마다 제각각 값이 매겨져 노예상인들 앞으로 끌려갔다. 맨 먼저 힘이 세 보이는 로마인 청년이 노동자로 팔려나갔다. 두 번째는 아름다운 그리스 여인이었는데, 그녀는 첩으로 팔렸다. 다음은 유대인 차례였다. 노예상인이 소리쳤다.

"이자는 유대인으로, 신체도 건강하고 무엇이든 할 수 있소."

군중 속에서 곧 호가(呼價)가 터져나왔고, 뒤이어 더 높은 값을 부르는 자가 있었다. 그러자 먼젓번 사람이 다시 값을 더 올렸고, 두 번째 사내도 기다렸다는 듯이 더 높은 값을 불렀다. 유대인은 결국 두 번째 사내에게로 넘어갔다.

유대인 노예를 산 매수자는 즉시 노예를 데리고 그곳을 벗어났다. 그리고 얼마 후 자기가 산 노예를 향해 두 손을 내밀며 말했다.

"샬롬!"

그는 유대인이었다.

유대인은 곤경에 빠져 있는 자기 동족을 보면 어떤 희생을 치르더라도 구해낸다는 것이 이 이야기의 교훈이다. 물론 노예를 산 유대인은 한 번도 그를 만난 적이 없으며, 그를 자유롭게 해준다 해도 다시 만난다는 보장조차 없다. 그러나 두 사람이 같은 유대인임에는 변함이 없다.

고대에서 중세에 이르기까지 해적이나 노예상인에게 붙잡힌 유대인이 노예로 팔려가는 경우는 빈번했다. 헤브라이어로 '비드온 슈바임(Pidyon Shevuyim)'이라는 말이 있는데, 이것은 사로잡힌 유대인을 해방할 의무가 있다는 뜻이다.

유대인이 사로잡힌 몸이 되었을 때 그것을 안 유대인은 몸값을 치르고라도 반드시 구해냈다. 이때의 몸값은 일반적으로 유대사회가 헌금으로 마련했는데, '비드온 슈바임 자금'이라고 불렀다.

유대인들은 부자든 가난뱅이든 빠짐없이 헌금을 했다. 이를 위해서라면 유대인에게 더없이 귀중한 책인 『토라』의 두루마리(『토라』를 두루마리로 만들어 아름답게 장식한 것)를 파는 것까지도 허용되었다.

전 세계의 유대인은 한 인간의 전신에 비유된다. 발끝을 밟히면 온몸이 아프고, 볼을 잡히면 전신에 통증이 번진다. 유대인들은 흡사 한 인간의 신체 각 부분처럼 서로 떼려야 뗄 수 없는 존재다.

유대인은 개개의 유대인에 대해 책임을 지고 있다. 어떤 역경이라도 유대인이 곤경에 빠져 있을 때는 도와줄 의무가 있는 것이다. 물론 이와 같은 경우 어느 유대인이 구해냈는가는 중요하지 않다. 누가 자기를 구해주었는지 모르는 경우가 허다하지만, 조금도 어색하지 않다. 자기와 같은 유대인이 구해주었다는 사실은 알고 있기 때문이다. 만약 자신이 그 입장에 선다면 똑같이 행동했으리라는 것 역시 알고 있기 때문이다. 유대인 전체가 하나의 가족이라는 것은 결코 관념적인 수사가 아니라 실제로 하나의 가족이다. 이와 같은 굳은 결속이 없었다면 그들은 이미 아득한 과거에 주위의 이민족이나 다른 문화에 동화되어 오늘날에는 유대라는 말조차 희미해졌을 것이다.

유대인은 안식일에 자기 가족뿐만 아니라 여행 중인 유대인을 예배당에서 만나면 집으로 데려가 함께 지낸다. 낯선 사람이라도 같은 유대인이라면 안식일 식탁에 가족의 일원으로 초대하는 것이다.

안식일과 '비드온 슈바임' 사이에는 아무런 거리감이 없다. 그 사이에는 끊으려야 끊을 수 없는 유대만 있을 뿐이다.

진리에 이르는 길

6

배움이라는 것

우주는 어디에서부터 시작되는 것일까?

결론을 말하자면, 우주는 나 자신으로부터 시작된다.

하지만 많은 사람들은 이렇게 말한다.

"나는 이 세계를 어떻게 할 힘 같은 것을

전혀 갖고 있지 않다. 나는 아주 무력하다."

이것은 대부분의 사람들이 빠지는 함정이다.

모든 문제는 인간으로부터 출발하고 있다. 당신은 세계가 직면한 여러 문제를 크게 할 수도 있고, 그것을 해결할 힘을 빌려줄 수도 있다. 당신은 당신이 알고 있는 만큼 무력하지도, 무능하지도 않다. 적어도 스스로의 힘으로 자기 주위의 세계를 변화시킬 수 있는 것이다.

먼저 자기 주위를 둘러보라.

나를 둘러싸고 있는 세계에서 가장 중요한 것은 무엇인가?

맨 먼저 가정을 들 수 있다. 가족관계가 화목하고 원만한 사람들은 불행도 적다. 그 다음으로는 직업이 있으며, 자신이 속해 있는 지역사회가 있다.

그렇다면 어떻게 해서 보다 나은 세계를 만들 것인가?

그것은 먼저 배움으로써 보다 좋은 환경을 만들 수 있다. 여기서 배운다는 것은 결코 좋은 학교에 다니거나 책을 읽는 것만은 아니다. 자기 주위 사람들이 무엇을 원하는지를 연구하는 것도 빼놓을 수 없는 중요한 요소다.

배움을 학교 교육이나 취업에 도움이 되는 지식을 습득하는 것처럼 매우 좁은 개념으로 이해해서는 곤란하다. 그것을 고작 어떤 일에 손해를 볼 것인가, 이득을 볼 것인가와 연관해 생각해서는 안 된다. 배움의 진정한 목적은 인간다운 생활을 향유하고 인간적인 매력을 증대시키는 데 있다.

어느 랍비의 유서

아들아!

너는 책을 벗으로 삼아라.

책장과 책꽂이를 네 기쁨의 밭과 뜰로 삼아라.

책의 동산에서 체온을 느껴라.

지식의 열매를, 그 성과물을 네 것으로 삼아라.

지혜의 향료를 맛보라.

만약 네가 게을러지고, 혹은 피로에 지친다면

뜰에서 뜰로, 밭이랑에서 밭이랑으로, 또는 이곳저곳의 풍경을 즐기는 것도 좋으리라.

그러면 새로운 희망이 솟구치고, 너의 영혼은 환희로 가득 차리라.

| 유다 이븐 티본 |

랍비의 역할

'가르친다'는 말은 헤브라이어로 '야로'라고 한다. 그리고 '야로'의 본래 뜻은 '인도한다'이다. 결코 지식을 전도한다거나 가르친다는 뜻이 아니다.

『탈무드』의 가르침에 의하면, 만약 자기 아버지와 교사가 인신매매되어 노예시장에 팔려나왔는데 한 사람밖에 살 돈이 없는 경우에는 교사를 먼저 구해내야 한다고 되어 있다. 아버지는 아이를 이 세상에 나오게 한 존재이지만, 랍비는 인간을 영원의 세계로 인도하는 존재이기 때문이다.

유대세계에서는 학문이 존중되는 만큼 교사의 지위가 매우 높다. 『탈무드』에는 학생이 앉아 있다가도 교사가 그 앞을 지나가면 반드시 일어나야 한다고 쓰여 있다. 지금도 랍비에 대해 이와 같은 예의가 지켜지고 있다.

랍비들 사이에서도 선배 랍비가 동석한 경우 어떤 질문에 대해 선배 랍비부터 대답해야 한다는 질서가 있다. 또한 랍비가 혼자서 어떤 판단을 내릴 때는 반드시 성전을 펼쳐보아야 한다는 것이 의무화되어 있다. 책 또한 자신의 선배이자 교사이기 때문이다.

랍비는 이교도의 승려처럼 종교적인 문제만 다루지 않고 유대사회의 생활 전반에 걸친 지도자다. 랍비는 오랫동안 유대사회의 지주 역할을

해왔다. 민족이 박해를 받고 모든 책이 불태워졌을 때도 랍비는 살아 있는 도서관으로 유대인의 교육을 담당해왔다.

모든 사회가 존재하기 위해서는 교사가 반드시 필요하지만, 유대인이 랍비와 같은 교사를 잃지 않고 키워왔다는 것은 오늘날까지 온갖 박해를 받으면서도 살아남았다는 사실을 충분히 설명해주는 것이다.

랍비는 유대교의 살아 있는 상징이다. 다른 민족은 자신들의 상징으로 깃발, 건물, 산 등 자신들의 땅에서 뛰어난 것을 택했지만 유대인의 상징은 랍비다.

또한 랍비는 다른 종교처럼 백성들 위에 서지 않고 백성들 사이에서 태어나 그들의 모든 생활을 처리했으므로 결코 권위를 내세우며 살아오지 않았다.

랍비는 임명을 받아 탄생하는데, 이 임명을 '스미하'라고 한다. 랍비는 자신의 제자가 어느 수준에 이르렀다고 판단되면 그의 두 손을 머리 위에 놓고 그때부터 랍비 자격이 있음을 선언한다. 이때 양피지(羊皮紙)로 된 면허장이 주어지는데, 거기에는 '이 사람은 충분한 학식을 가졌으며 신을 공경하고 신을 따르는 사람이다'라고 적혀 있다. 단순히 지식을 가졌다는 사실만으로는 불충분하며, 신이 명하는 올바른 길을 걷는 자가 아니면 주어지지 않는다는 것을 밝히고 있다.

면허장의 마지막 구절에는 '요레 보레 야딘 야딘'이라고 쓰여 있다. 이 헤브라이어는 '이 사람은 남을 가르쳐도 좋으며, 사람을 재판할 수 있다'는 뜻이다.

랍비는 교사이자 재판관이다. '가르쳐도 좋다'는 것은 지식을 가르쳐도 좋다는 것이 아니라 유대인의 생활 속에서 유대법에 따라 사건의 시비를 가릴 때 그의 가르침이 없으면 일을 해결할 수 없다는 뜻이다.

그 한 예로, 랍비는 동물이 올바르게 도살되었는가를 판정해야 한다. 소나 양, 닭을 단숨에 베는 도구를 감정하는 일도 포함된다. 유대의 계율에 부인은 생리기간 중에 남편과 성행위를 해서는 안 된다고 되어 있는데, 이에 대한 판정 역시 랍비의 임무다. 그는 부부싸움까지 중재해야 한다.

'야딘 야딘'은 생활상의 문제보다 법률상의 제반 문제에 관계되는 것이며, 일반 민사법원에서 다룰 만한 금전이나 재산을 둘러싼 분쟁을 판가름하는 일이 중심을 이룬다. 오늘날에도 유대인끼리 재산다툼이 생기면 보통 법원보다는 비공개로 랍비를 찾아간다.

학문은 끝이 없는 것

$$-m_0c^2 = \frac{v^2}{2c^2} m_0 c^2$$

$$+ dx_2^2 + dx_3^2 - c^2$$

$$\overline{-\beta^2} \approx \left(1 + \frac{\beta^2}{2}\right)$$

$$= \left[\frac{3\cos(3\sqrt{3t})}{\cos(3\sqrt{3t} + i\sin\sqrt{3}} \right.$$

$$\left[\frac{3}{1+\sqrt{3}i} \right] x'(t) + \sqrt{3t}$$

$$+ (-1 - 8i)n_2 = 0$$

$$\frac{\beta_2}{2} m_0 c^2 = \frac{v^2}{2c^2} = 7$$

늙어서 더 이상 배울 수 없다는 말은 유대인에게 통하지 않는다. 인간은 살아 있는 한 몇 살이 되더라도 배워야 한다.

사람은 배움으로써 청춘을 얻을 수 있다. 청춘이란 나이로 따질 수 없는 것이다. 왜냐하면 그것은 태도에 따른 마음자세이기 때문이다. 물론 이것은 최근에야 현대 의학이 밝혀낸 사실이지만, 유대인은 이미 2,000년 전부터 그렇게 말하고 실천해왔다.

그들은 살아 있는 한 배운다. 배움이야말로 그들의 거룩한 의무이기 때문이다. 그들은 인간이 하늘나라에 이를 때까지 계속 배워야 한다고 생각했다. 제아무리 훌륭한 교사라도 계속 배우지 않으면 안 된다고 말이다.

학문에는 끝이 없다. 이디시어(독일어·슬라브어·헤브라이어의 혼성어)의 '학자'란 헤브라이어의 '라무단'에서 온 말이다. '라무단'이란 알고 있는 사람이 아니라 배우는 사람이란 뜻이다. 유대인들은 오늘날까지도 거창한 지식을 갖고 있는 사람보다 배우고 있는 사람을 더 존귀하게 여기고 있다.

지성, 최후까지 챙겨야 하는 것

'인간에게 가장 중요한 것이 무엇인가?' 라고 유대인에게 물어보면, 그들은 곧바로 '지성' 이라고 대답한다. 유대인은 자신들의 오랜 종교적 전통으로부터 그렇게 배우고 실천해왔다.

유대인은 오랜 역사 동안 박해를 받으며 살아왔다. 대부분의 경우 마을이 불태워지고 재산을 강탈당하는 시련을 겪어왔다. 그래서 유대인 어머니가 자기 아이에게 반드시 물어보는 수수께끼가 있다.

"만약 집이 불타고 재산을 빼앗기는 경우가 생긴다면 넌 뭘 갖고 도망치겠느냐?"

이 물음에 아이들은 대개 돈이라든가 값비싼 보석이라고 대답한다. 그러면 어머니는 고개를 가로저으며 힌트를 준다.

"그것은 모양도, 빛깔도, 냄새도 없는 것이란다."

아이가 여전히 골몰해하면 그제야 어머니는 답을 일러준다. 그런 경우에 반드시 챙겨야 하는 것은 돈이나 보석이 아니라 '지성' 이라고. 그것은 누구도 빼앗을 수 없으며, 자신이 죽음을 당하지 않는 한 항상 몸에 지니고 도망칠 수 있기 때문이다.

| 지성과 책에 관련된 유대 속담 |

- 여행 중에 고향사람들이 보지 못했을 것 같은 책을 발견하면 반드시 그 책을 사라.

- 만약 생활이 궁핍하여 물건을 팔아야 할 경우라면 금 · 보석 · 집 · 토지 순으로
  팔아라. 최후까지 팔아서는 안 될 것이 책이다.

- 만약 두 자녀가 있어 큰아이는 남에게 책 빌려주기를 싫어하고,
  둘째아이는 책 빌려주기를 좋아한다면 당신의 둘째에게 책을 물려줘라.

- 책은 설사 적(敵)이 원할지라도 기꺼이 빌려줘라.
  안 그러면 당신이 지식의 적이 될 것이다.

- 읽던 곳을 표시하기 위해 사용하는 도구는 책에 상처를 내지 않는 것을 사용하라.

지식보다 지혜를 중시하라

책은 지식의 상징으로 대변된다. 1736년 라트비아의 유대인 거리에서는 책을 빌려주지 않는 사람에게 벌금을 부과하는 조례가 있었다. 유대 가정에서는 책꽂이를 침대의 발 쪽에 두어서는 안 되고 항상 머리 쪽에다 두어야 한다.

유대사회에서 지성을 얼마나 중시하는가는 왕보다도 학자를 더 높은 존경의 대상으로 삼는 것만 보아도 알 수 있다. 그만큼 그들은 학문을 중요하게 여겨왔다.

그러나 유대인은 지식보다 지혜를 더 중시한다. 아무리 지식이 풍부해도 지혜가 없는 자는 '책을 잔뜩 등에 짊어진 당나귀와 같다'고 비유되고 있다.

지식은 아무리 많이 모아도 소용이 없다. 좋은 목적에 쓰이지 않으면 되레 해(害)가 될 뿐이다. 지식은 지혜를 닦기 위해 몸에 지니는 것이다. 단순히 지식을 쌓고 배운다고 하는 것은 한낱 모방에 불과하기 때문이다.

현자(賢者)를 헤브라이어로 '홋헴'이라고 부르는데, '홋헴'은 '호프마(지혜)'를 가지고 있으며, 그것을 사용할 수 있는 사람을 일컫는다. 이 현자들 가운데서도 가장 지혜 있는 사람을 '탈미드 홋헴(탈무드에 정통한 사람)'이라고 부르며 존경했다.

젊은 학생이 지식을 쌓고 지성을 발휘해나가는 중에 통찰력을 얻고, 또 겸허함을 몸에 익히게 되면 '홋헴'이라 불린다. 학식과 마찬가지로 겸허함도 중시되는 것이다.

자신이 행복하다고 느끼는 자는 행복하지만, 자신이 현명하다고 생각하는 자는 어리석은 자다. 포도송이는 익을수록 아래로 처지는 법이다. 이것이 현자가 된 증거다.

'탈미드 홋헴'은 평생 배우기를 게을리 하지 않으며, 그럼으로써 많은 사람들로부터 존경을 받는다.

감사하라

이 세상에 최초로 출현한 인간은 한 덩이의 빵을 먹기 위해 얼마나 많은 노동을 해야 했을까?

그는 먼저 밭을 갈아 씨를 뿌리고, 그 싹을 가꾸어 수확하고, 말린 열매를 빻아 가루로 만들고, 반죽하고, 굽는 등 수많은 과정을 거쳤을 것이다. 그런데 지금은 어떠한가? 돈만 있으면 아무 빵집이든 들어가 만들어놓은 빵을 살 수 있다. 옛날에는 모두 혼자 해야 했던 일을 지금은 여러 사람이 나누어 하고 있기 때문이다. 그래서 우리는 빵 한 조각을 먹을 때조차도 많은 사람들에게 감사하는 마음을 잊어서는 안 된다.

최초의 인간은 옷 한 벌을 만들기 위해 또 얼마나 많은 일을 해야 했을까?

산야로 나가 양을 사로잡아 키우고, 털을 깎고, 그 털로 실을 만들어 옷감을 짜고, 그것으로 다시 옷을 지어 입기까지의 수고는 엄청난 것이었다.

그런데 지금은 돈만 있으면 마음에 드는 옷을 얼마든지 사 입을 수 있다. 옛날에는 한 사람이 해야 했던 많은 일을 지금은 여럿이 나누어 하고 있기 때문이다. 그러므로 옷 한 벌을 입을 때에도 많은 이들의 노고에 감사해야 하는 것이다.

한 사람이 환자를 병문안하면, 그 환자의 병이 60분쯤 낫는다고 한다.

죽은 사람의 무덤을 찾는 행위는 가장 고상한 행위다. 병문안은 환자가 나으면 그로부터 감사의 인사를 받을 수 있지만, 죽은 사람을 찾아가는

행위는 아무런 인사도 받을 수 없기 때문이다.

매사에 감사하는 마음을 갖되, 가능하면 먼저 선행을 베풀어 남이 내게 고마워하게 해야 한다. 이때 그 어떤 대가나 감사도 바라지 않고 베푸는 것이야말로 진정 아름다운 행위인 것이다.

의심하라

사람은 배움을 통해 한 가지 중요한 사실을 알게 된다. 그것은 항상 의문을 가지고 질문한다는 것이다. 지혜를 터득하는 과정에서 알면 알수록 의문이 생기고 질문도 늘어나게 된다. 질문은 중요하다. 그것은 인간을 진보시킨다.

자신에 대해 질문하는 것도 중요하다. 『탈무드』에서도 '훌륭한 질문은 더 훌륭한 답변을 구한다'고 말하고 있다. 살아가면서 가끔씩 뜻밖의 질문을 받고 놀랄 때가 있다. 그런 경우 스스로도 미처 생각지 못했던 훌륭한 답을 구하게 된다. 질문에 해답과 같은 위력이 있는 것이다.

호기심이 없는 사람은 의심도 없다. 사색은 의심과 대답으로 성립된다. 현자란 어떠한 의문에도 빈틈없이 답변할 수 있는 사람이다. 물론 인간이 절대적 확신을 갖기는 매우 힘들다. 따라서 의문을 갖게 되면 모든 일이 의심스러워질 수 있다.

그러나 의심에서 출발해 구한 해답에 대한 확신은 훨씬 더 완벽에 가깝다. 그리고 불투명한 사실이나 의문은 행동을 함으로써 밝혀낼 수 있다. 행동을 통해 현명한 해답을 많이 구할 수 있는 것이다.

옛 랍비들은 너무 깊이 생각하면 오히려 행동을 지연시키지 않을까 고민했다. 주저하고 망설이는 것은 위험하다. 순간적으로 결단을 내리지 않으면 좋은 기회를 놓칠지도 모른다. 때를 맞춰 대담하게 행동하는 사람만이 승리할 수 있다.

그렇다면 사람은 무엇 때문에 배우는 것일까?

완벽하게 똑같은 상황이 두 번 이상 반복되지는 않는다. 따라서 새로운

상황에 직면했을 때 이전까지 배운 것을 참고하는 수밖에 없다. 인간에게 최후까지 힘이 되는 것은 생각하는 능력뿐이다.

사람이 배우는 것은 감성을 가다듬기 위함이다. 오랫동안 사냥을 해온 사냥꾼은 예리한 감각을 지니고 있다. 이런 감각은 오랜 경험에서 비롯되었다기보다는 오랜 경험에 의해 갈고 닦아진 감성에 의한 것이다.

현실적으로 직접 체험하지 못한 일이라도 다른 사람의 경험을 통해 배우면 사고를 예민하게 한다. 생각이란 도저히 설명하기 힘들 것같이 신비해 보이지만, 한순간의 생각에 따라 내려지는 결단은 그때까지 쌓아올린 영지(英智)에 의해 결정되는 것이다.

정원사

사람은 누구나 한평생을 살아가며 정원을 가꾸는 정원사와 같다. 정원에는 온갖 수목이 우거지고, 계절마다 어김없이 꽃을 피우는 꽃밭이 있다. 연못이나 냇물을 만들 수도 있다. 그리고 항상 잔디나 나무를 잘 관리해야 한다. 정원을 보면 그 집의 정원사를 알 수 있다.

입으로 자기 공적을 내세우고 자신을 능력 있고 훌륭한 사람으로 보이게 하는 것은 어렵지 않다. 그러나 정말로 인간의 가치를 증명하는 것은 실제로 쌓아놓은 업적밖에 없다. 정원은 실제로 쌓아놓은 업적이다. 지금 막 만들기 시작한 정원이라도 한번 보면 믿을 수 있는 정원사인지 아닌지를 알 수 있다.

악한 사람은 눈과 같아서, 처음 만났을 때는 순결하고 아름다워 보이지

만 금세 흙투성이가 된다.

악인들은 사람들 앞에서 처음에는 매우 아름다운 세계를 그려낸다. 온 세상이 은빛으로 뒤덮인 설경처럼. 그러나 현실이라는 태양이 비치면, 눈은 녹아버리고 온통 진흙투성이의 세계가 펼쳐진다.

악인이 당신에게 아름다운 세계를 그려 보이더라도 속아 넘어가서는 안 된다. 다음날이면 진흙투성이의 세계로 변해 있을 테니까.

고대의 랍비 리치나는 말하고 있다.

"나는 자신을 눈처럼 순결하다고 주장하는 사람을 믿지 않는다. 눈이란 금세 녹아서 진창이 되기 때문이다."

7가지 계율

나라가 없었던 유대인들은 고대부터 비유대인들과 함께 일하고 어울려 살아야 했다.

태초에 유대인에게는 천사가 당부한 613가지의 계율이 있었다. 그런데 유대교에서는 비유대인을 굳이 유대화하려 하지 않았기 때문에 그들에게 선교활동을 하지는 않았다. 다만 서로 평화로운 관계를 유지하기 위해 비유대인들에게는 7가지 계율만 당부했다.

1. 살아 있는 동물을 죽여서 바로 날고기로 먹지 마라.
2. 남을 욕하지 마라.
3. 도둑질하지 마라.
4. 법을 어기지 마라.
5. 살인하지 마라.
6. 근친상간을 하지 마라.
7. 간음하지 마라.

스스로를 조절하라

학문이라 해도 선악으로 구별되어 제거될 부분은 제거되어야 한다. 그럼에도 현대 과학은 사실만 취급하며 선악과 관계없는 것처럼 여겨지고 있다. 과학이라는 속성상 그러할 것이다.

그런데 사람들은 과학이 인간의 도구라는 사실을 망각하고 있다. 인간이 과학을 이용하기 위해서는 먼저 선악을 판단하지 않으면 안 된다. 객관적인 학문 그 자체는 우리의 도구에 지나지 않는다.

과학기술은 인간의 생활을 크게 변화시켰다. 선진사회는 과학의 힘으로 가난을 퇴치하고 삶의 복지를 향상시켜왔다. 그래서 과학이야말로 인간의 삶을 가장 크게 변화시키는 힘이 되었다. 그러나 과학의 힘을 너무 인정해버린 나머지 자신도 모르는 사이에 과학이 우리 삶의 지배자라고 잘못 판단하고 있는 것은 아닐까?

인간의 생활에는 무엇이 좋고 나쁜가 하는 가치판단이 개입되지 않으면 안 된다. 좋고 싫은 것만으로 살아가는 인간은 말초적 인간으로 변해버린다. 손해와 이해관계도 그렇다. 사소한 충동이나 동요에 흔들림 없는 꿋꿋함을 지닌 사람만이 타인의 신뢰를 받을 수 있으며, 그것이 바로 신용이다.

선악의 판단은 한 사람으로부터 시작된다. 『탈무드』에서는 '다른 사람들보다 뛰어난 사람은 두 종류의 교육을 받는다. 하나는 교사로부터 받는 것이며, 하나는 자기 자신으로부터 받는 것이다' 라고 가르치고 있다.

무엇보다 먼저 자기 자신에 대해서 교사가 되어야 하고, 자신에 대해서 지도자가 되지 않으면 안 된다. 리더십은 거기서부터 비롯된다. 그리고 자신을 지도할 때는 도덕적인 원칙이 우선되어야 한다.

인간은 누구나 두 가지 면, 즉 밝고 어두운 면을 지니고 있다. 어떤 선인(善人)에게도 그림자는 있고, 어떤 악인에게도 빛은 있다. 그림자가 있다고 부끄러워할 필요는 없다. 밝은 부분을 더욱 밝혀나가면 되는 것이다. 반면에 밝은 면이 크다고 마음을 놓아선 안 되고, 늘 따라다니는 그림자 부분을 작게 하려는 노력을 게을리 하지 말아야 한다.

근면과 도둑

자녀를 가르치는 최선의 교육은 스스로 모범을 보이는 것이다.

유대 현자인 야라쉬닐은 말했다.

"부모라면 누구나 자기 아이들이 많은 교양을 쌓으면서 신앙에 충실한 유대인으로 성장하기를 바란다. 그리고 그 자녀가 자라서 부모가 되면 역시 자기 아들이 경건한 유대인이 되기를 빈다. 하지만 부모 가운데는 자기 자신이 먼저 많은 교양을 쌓아 경건한 유대인이 되려고 애쓰는 사람이 그렇게 많아 보이지 않는다."

'아들에게 근면을 가르치지 않는 부모는 아들에게 절도를 가르치는 것과 다를 바 없다.'

『탈무드』에 나오는 격언이다.

어느 날 학생이 랍비에게 물었다.

"어째서 아들에게 부지런함을 가르치지 않는 부모는 아들을 도둑으로 만드는 것과 같다고 합니까?"

랍비가 대답했다.

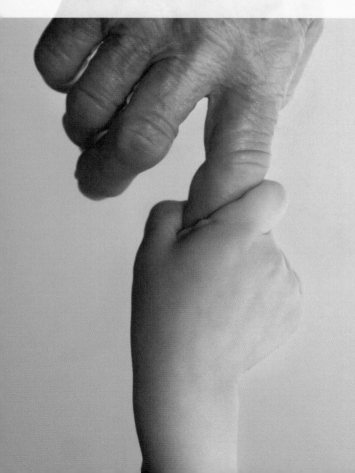

"자기 자식에게 부지런히 일하는 것을 가르치는 부모는 자식에게 포도 밭을 물려주는 것과 같다. 울타리가 쳐진 포도밭에는 여우 같은 동물이 들어가지 못하듯이, 잘못된 생각이 자식의 마음속으로 들어가지 못한 다는 뜻이다."

자신을 초월하라

아인슈타인이 말했다.

"인간은 항상 새로운 것을 생각하지 않으면 로봇처럼 되어버린다."

별다른 사고 없이 일상생활에 파묻혀 내키는 대로 움직이면 기계와 다름없다는 말이다.

현대생활에서 인류에게 매스미디어가 어떻게 작용하는지를 한번 생각해보라.

아침에 일어나 출근 준비를 서두르며 뉴스를 듣는다. TV 아침뉴스를 건성으로 보고 전철 안에서 신문을 읽는다. 온종일 일에 매달리고 난 뒤의 오후 시간도 비슷하다. 1주일에 몇 번 주간지도 본다. TV와 신문, 주간지는 한결같이 뉴스를 센세이셔널하게 다루고 있다.

그렇다면 사람들은 왜 TV를 보고 신문을 읽는가? 진실을 알고 싶기 때문인가, 아니면 주위 사람들로부터 이방인 취급을 당하지 않기 위해서?

어쨌든 뉴스를 접하는 일이 습관화되었고, 시시각각 뉴스가 꼬리를 물고 밀려닥친다. 그리고 우리는 그것들을 매일매일 끼니처럼 소화함으로써 미련 없이 잊어버린다. 다음날에는 또 다른 뉴스가 쉴새없이 몰려올 것이기에.

퇴근 후나 주말의 TV 시청은 그 중독성이 너무나 심각하다. 사람들은 TV 앞에 붙박여 종일토록 오락 프로그램에 매달린다.

이즈음에서 한 번쯤 동작을 멈추고 자신의 일상을 돌아보라. 우리의 생활은 TV 말고도 습관화된 많은 것들로 인해 시간을 빼앗기고 있지 않은가?

요즘 사람들은 직장생활 외에도 참 바쁘게 살고 있다. 외국어를 배우거나 자기계발을 위한 노력을 게을리 하지 않는다. 정기적으로 모임을 갖는 연구회가 있고 강연회, 세미나 등의 횟수가 헤아릴 수 없이 많다. 사회가 그만큼 지적이고 변화된 인재를 필요로 하기 때문이다. 사회가 발전하면서 소득이 늘어나고, 그에 따라 사람들의 욕구는 더욱 다양화되었으며, 그러한 다양화는 사회를 형성하고 있는 요소를 기하급수적으로 증대시켰다.

현대사회에서는 가능한 한 많은 지적인 요소를 축적한 인재만이 생존경쟁에서 살아남을 수 있다. 부지런하고 근면한 것으로는 좋은 평가를 받지 못한다. 근면이란 습성과도 같은 것이다. 항상 새로운 것을 배우고 창의력을 키워나가는 데 힘을 기울여야 한다. 지성은 은그릇과 같아서 자주 닦지 않으면 반짝이지 않는다. 다른 것들을 배워 그것들의 조화로 새로운 지혜와 통찰력이 샘솟게 해야 한다.

인간에게 인생 최대의 목적은 자신을 창조해나가는 것이다.

사람은 누구나 어머니의 뱃속에서 태어났다. 이는 생물학적인 출생이다. 따라서 인간은 다시 한 번 이성적 출생을 경험하지 않으면 안 된다. 자기 스스로가 자아를 탄생시키는 것이다. 인간은 자기 생애에 두 번 태어난다.

모든 인간은 창조력을 갖추고 있다. 그러나 대부분의 사람들은 자신이 갖추고 있는 창조력을 스스로 끄집어내려 하지 않는다.

『탈무드』는 말하고 있다.

'다른 사람보다 훌륭하다는 사람은 정말로 훌륭한 사람이라고 말할 수 없다. 그보다는 이전의 자신보다 더 나아지고 있는 사람이 참으로 훌륭한 사람이다.'

자신을 초월하고자 노력하는 사람이 언젠가 타인도 초월할 수 있는 것이다.

『토라』와 다이아몬드

사람이 돈을 어떻게 사용하느냐에 따라 그의 인간됨됨이를 살펴볼 수 있다. 똑같은 돈을 어떤 사람은 예술품을 사는 데 쓰고, 어떤 사람은 사업을 목적으로 투자를 하며, 또 어떤 사람은 술을 마시고 흥겹게 노는 데 쓴다.

유대인에게 돈은 인생의 목적이 아니라 늘 수단이었다. 그렇다면 유대인이 돈을 버는 최종 목표는 무엇일까? 첫째가 교육이고, 둘째가 자식들을 기르기 위한 양육자금이다. 그리고 세 번째 목표는 자선이다. 그들은 자기 수입의 최소 10퍼센트를 기부금으로 내놓고 있다.

예로부터 유대인은 돈을 벌어도 그것이 자기 것이 아니라 신의 몫이라고 생각해왔다. 다른 민족이 말하는 것과 달리, 그들의 자선은 신이 자신에게 베풀어준 돈의 10퍼센트를 갚는 것이다.

돈이란 자기 것이 아니라 단지 자신이 맡고 있는 것에 불과하다고 그들은 생각한다. 물론 그들 중에도 교활하고 탐욕스러운 자가 있다. 이것은 어느 민족이든 마찬가지다. 그러나 대다수 유대인들은 돈에 대해 탐욕적이지 않다. 늘 '돈은 내 것이 아니다'라고 배워왔기 때문이다.

하지만 유대인들은 과도한 것을 싫어한다. 당연히 자선을 베풀어야 하지만, 지나친 자선은 잘못이라고 가르치고 있다. 중세의 그리스도교에서 간혹 볼 수 있었던 것처럼 자신이 갖고 있는 모든 것을 자선으로 돌리고 거지 신세가 된 성자가 유대사회에는 존재하지 않는다.

『탈무드』에 이런 이야기가 나온다.

한 랍비가 부자마을에 초대되었다. 그 마을은 물질적으로 풍요로웠지만 교육수준은 매우 낮았다. 마을 사람들은 랍비가 자신들과 함께 살아주기를 바라면서 많은 급료를 주겠다고 약속했다. 그러나 랍비는 정중히 사양하면서 이렇게 말했다.

"제아무리 훌륭한 다이아몬드를 준다 해도 이곳에 남아 있고 싶지는 않습니다. 나는 『토라』나 학문이 있는 장소를 벗어나고 싶은 마음이 없으니까요."

유대인과 다이아몬드는 매우 밀접한 관계를 갖고 있다. 1,000년 동안 방랑생활을 해온 그들은 집이나 토지를 가지고 도망을 다닐 수 없었으므로 가장 숨기기 쉬운 재산인 다이아몬드를 무척 소중히 여겼다.

실제로 유대인들은 벨기에나 네덜란드 등의 세계적인 다이아몬드 시장에서 큰 힘을 발휘하고 있다. 그들은 또 다이아몬드를 채굴하고 연마해 판매하는 데 깊이 관여하고 있다. 다이아몬드 광산이 없었음에도 오늘날 이스라엘이 세계적인 다이아몬드 연마 산업의 중심지가 된 것도 바로 이런 이유에서다.

한 유대인이 값이 매우 비싼 다이아몬드를 샀다. 그런데 나중에 그 다이아몬드를 자세히 살펴보니 미세한 흠집이 나 있었다. 다이아몬드는 조금만 흠집이 있어도 값이 형편없이 떨어지기 때문에 그는 매우 크게 상심했다. 보석상을 하는 친구들을 찾아다니며 그 다이아몬드를 보이자 모두가 고개를 가로저었다.

"안됐지만, 어쩌겠는가……."

마지막으로 나이 많은 전문가를 찾아가자 그가 말했다.

"이걸 나한테 며칠만 맡겨두시오. 그러면 어떻게 할 것인가 생각해보겠소."

며칠 후 유대인은 다시 그 전문가를 찾아갔다. 그런데 작은 흠집이 나 있던 그 다이아몬드가 전혀 다른 물건이 되어 있었다. 다이아몬드 위에 꽃이 조각되어 있었는데, 흠집 부분은 꽃의 줄기가 되어 있었다.

유대인의 책

랍비 이븐 티본은 고대 유대 철학자의 말을 아랍어에서 헤브라이어로 번역한 업적으로 유명하다. 그는 책에 대해 다음과 같이 말했다.

"책을 당신의 친구로 삼도록 하시오. 동반자로 삼으시오. 책꽂이를 당신의 낙원으로 하시오. 과수처럼 심으시오. 그리하여 향기 진한 과일을 거기에 모이게 하시오. 거기서 따온 장미로 당신을 장식하시오. 후추나무 열매를 따도록 하시오. 뜰에서 뜰로 옮겨다니면서 수시로 경치를 바꾸도록 하시오. 그러면 당신의 희망은 언제나 신선하고, 당신의 넋은 기쁨에 잠길 것이오."

유대 가정에서는 아이가 철이 들 무렵 성서를 펼쳐놓고 꿀을 떨어뜨린다. 그래서 아이로 하여금 입을 맞추게 한다. 이런 행위는 '책은 달콤한

것' 임을 가르치기 위한 의식이다. 역사를 들여다보더라도 유대 민족만
은 문맹이 없었다. 누구라도 성서를 읽어야 했기 때문이며, 이 행위야
말로 생존과 동일한 의미로 받아들여졌기 때문이다.

사내아이들은 '바 미츠바'라는 성인식에서 성서의 한 구절을 사람들
앞에서 읽어내야 한다. 또 유대인의 묘지에는 흔하게 책이 놓여 있다.
『세페르하시딤(경건한 자의 책)』에는 과거 유대인의 묘지에 책이 놓여
있어 밤이 되면 죽은 사람이 일어나 그 책을 읽고 공부한다는 이야기
가 나온다. 생명이 끝나더라도 학문은 멈추지 않는다는 사실을 보여주
는 것이다.

유대인들만큼 책을 중시하는 민족도 없다. 그들은 오랜 역사를 통해 책
을 베끼고, 빌리고, 혹은 사서 공부를 계속해왔다.

기원전 5세기경 페르시아 민족 통치시기에 유대 지방의 총독이었던 느
헤미야가 말했다.

"이 지방에는 도서관만 많은 것이 아니다. 도서관마다 수많은 사람들이
모여 있다."

유대인에게 책은 항상 보물처럼 여겨져왔다. 고대 유대사회에서는 책
이 너무 낡아 페이지가 뜯어지고 글자가 문드러져 버려야 할 때가 되
면 사람들이 모여 인간을 매장하듯 정중히 구덩이에 파묻었다. 그들
은 절대로 책을 불태우지 않았다. 설령 그들 민족을 비난하는 책일지
라도.

그래서 그리스도교도는 유대인들이 책 읽는 것을 두려워했다. 스페인
에서 그들을 추방할 때 당시의 스페인 국왕은, 만약 헤브라이어의 책을
소지한 사람은 누구라도 사형에 처하겠다고 엄포를 놓았다. 1553년
베니스에서는 수만 권에 달하는 『탈무드』와 유대 서적이 불태워졌다.

『탈무드』는 쓰인 지방에 따라 몇 가지로 분류되는데, 바빌로니아의 『탈무드』가 오늘날까지 남아 있는 것은 그 한 권만 유일하게 불타지 않았기 때문이다.

유대의 책을 불태우는 일은 수없이 되풀이되었다. 이것은 그리스도교도만 자행한 일이 아니었다. 시리아의 안디오쿠스 4세 역시 성서를 불태웠으며, 1242년 파리에서는 스물네 대의 마차에 실린 『탈무드』가 잿더미로 변했다. 또 1288년에는 트로에스 시에서 10여 명의 유대인을 감금한 채로 유대 도서관을 불태웠다. 교황 클레멘트 4세는 전 유럽의 『탈무드』를 끌어다 태우라고 명령했다. 1299년 영국에서도 유대의 책을 불태웠으며, 1415년에는 교황 베네딕트 13세가, 1510년에는 맥시밀리언 황제가, 18세기에는 덴보스키 추기경이 유대인의 책을 잿더미로 만들었다. 그리고 가장 최근에는 히틀러가 전 유럽의 유대 관련 서적을 없애라고 명하고, 그것을 실제 행동으로 옮겼다.

나르시시즘에 대하여

인간에게 나르시시즘, 즉 자기애(自己愛)는 정말 대단한 것이다. 일생 동안 자기 자신과 로맨스에 빠져 사는 것이다.

인간은 누구나 집단의 일원으로 살아가고 있다. 그것은 연인이나 부부 같은 최소 단위에서 출발하여 가족, 직장으로 확대되어간다. 이때 지나치게 자기 자신만 편애하면 남들로부터 반감을 사게 된다.

자기애는 다른 사람도 갖고 있기 때문에 어느 정도까지는 피장파장이

다. 이것은 자신을 소중히 여기는 것이기에 나쁘다고 할 수만은 없다. 이 바탕으로부터 자존심과 자립심, 발전성이 길러지는데 세계는 어디까지나 자신이 중심이다. 그리고 인간에게는 스스로가 중심이 되어 보다 나은 세계를 창조해나가야 할 책임이 있다.

그러나 사랑은 종종 맹목적으로 변해버린다. 자기애에 너무 깊이 빠져버리면 타인으로부터 돌아오는 것은 혐오뿐이다.

인간은 태어나면서부터 자기중심적이다. 이것은 어린아이만 봐도 알 수 있다. 아이는 순전히 자기중심적이다. 그리고 점차 성장해가면서 남을 위해 양보하지 않으면 안 된다는 사실을 배운다. 사람은 일생 동안 어른이 되지 못하고 단지 아이가 나이를 먹어갈 뿐이라는 말이 있는데, 어른이 되어서도 아이 때의 자기애가 그대로 이어진다는 의미다. 그렇지만 어른이 아이와 다른 점은 확실히 스스로를 통제할 수 있다는 것이다.

자기애는 사람을 강하게 하기도 하고 약하게 만들기도 한다. 남에게 칭찬을 들으면 누구나 즐겁고 기분이 좋아진다. 동서양을 불문하고 인간은 허영이라는 바다를 헤엄치는 물고기다.

자신이 엉뚱한 오류를 범하더라도 남이 용서해주는 경우가 있다. 하지만 용서를 받아 죄가 사면되어도 스스로를 용서할 수 없는 경우가 있다. 그래서 시간이 흘러서도 그 과오를 떠올리며 가슴 아픈 고통을 느끼게 된다. 이와 같은 과오는 자신의 허영심에 깊은 상처를 입힌 것이기에 좀처럼 낫지 않는다.

겸허함을 자랑하지 마라

'자신의 부끄러운 일을 감추는 것처럼 자신의 장점이나 공적을 감추려고 노력하라' 는 말은 인간이 겸허해야 함을 충고하는 것이다.

랍비 유다 아시에리는 진정한 현인이다. 언젠가 그는 이렇게 말했다.

"어떤 사람을 만나더라도 그 사람은 무언가 나보다 나은 점을 가지고 있다. 만약 그가 나보다 연상이라면 당연히 그가 나보다 낫다고 생각해야 한다. 왜냐하면 그가 나보다 선행을 쌓을 기회가 더 많았을 것이기 때문이다. 만약 그가 나보다 젊다면 나보다 죄를 덜 범했으리라 생각한다. 만약 나보다 풍족한 생활을 누리는 사람이라면 나보다 더 많은 자선을 해왔으리라 생각한다. 나보다 가난하다면 그가 나보다 더 고생했을 것으로 생각한다. 나보다 어질다면 그의 지혜에 경의를 표한다. 만약 그가 나만큼 똑똑해 보이지 않으면 그가 나보다 잘못을 적게 저질렀을 것으로 생각한다."

참으로 지혜로움이 묻어나는 말이다.

그런데 겸허함을 자랑함으로써 상대방의 마음에 감동을 줘야겠다고 생각한다면, 그보다 야비한 짓도 없다. 참된 겸허함이란 계산되지 않고 자연스레 흘러넘치는 것이 아니면 안 된다. 지성이라는 산의 정상에는 언제나 겸허함이라는 아름다운 눈이 덮여 있다.

『탈무드』도 겸허함의 중요성을 말하고 있다.

'물은 높은 곳에서 낮은 곳으로 흐른다. 고여 있는 물은 썩지만 흐르는 물은 항상 맑고 깨끗하다.'

'오만(傲慢)의 왕국에는 왕관이 없다.'

학식은 시계와 같은 것

인간의 학식은 내놓고 자랑할 만한 것이 못 된다. 자기 머리가 뛰어나다거나 아는 것이 많다고 우쭐대서는 안 된다. 그런 사람이 있다면 남들로부터 지탄을 받게 된다.

『탈무드』에서는 학식이나 능력을 값비싼 시계와도 같다고 말하고 있다. 시간을 묻는 사람이 있을 경우에만 시계를 꺼내야지 값비싼 시계를 갖고 있다고 함부로 자랑해서는 안 된다는 것이다.

유대인은 학식을 곧잘 우물에 비유한다. 깊은 우물은 아무리 퍼내도 마르지 않지만, 얕은 우물은 금세 바닥을 드러낸다. 모름지기 학문을 하는 사람은 아무리 퍼내도 마를 날이 없는 샘물 같아야 한다고 가르치고 있다.

돈이나 재물은 곧 잃어버릴 수도 있지만 지식은 늘 따라다닌다. 그래서 학업을 일생의 일이라고 한다.

랍비 아브라함 벤 에즈라는 이렇게 말했다.

"나는 스승으로부터 많은 것을 배운다. 그리고 친구들로부터도 많은 것을 배운다. 그러나 내가 가장 많이 배울 수 있는 상대는 역시 학생들로부터다."

자만은 어리석음이다

유대 속담에 '태양은 당신이 없어도 떠오르고 진다'는 말이 있다.

자만하는 인간은 겸허함을 상실한다. 자기를 개혁하고자 하는 의지를 상실하고 과오를 범하기도 쉽다. 그래서 『탈무드』에서는 자만을 죄라고 하지 않고 어리석음이라고 규정한다.

지나친 자기혐오 역시 자만에 해당한다. 이는 주위 사람들이 자기에게 관심을 보이지 않음에도 자기가 세계의 중심이라고 착각하는 데서 발생하는 오류로, 허세에 해당한다. 자기중심적인 만족 속에 사는 사람에게는 신(神)이 머물 수가 없다.

유대인은 자만심을 경계하기 위해 아이들에게 성서의 『창세기』를 가르친다. 『창세기』에서, 인간은 맨 나중에 만들어졌다. 신은 처음에 빛과 어둠을 나누고 하늘과 땅, 그리고 물과 육지를 나누었다. 그런 다음 동물을 만들었으며, 맨 나중에 아담을 창조했다. 인간이 벼룩보다 나중에 창조되었음을 알면 우쭐댈 이유도 없는 것이다.

자만과 긍지는 분명히 구분되어야 한다. 긍지는 건전하지만, 자만은 병이자 어리석음이다. 자화자찬하기 전에 남에게 칭찬받는 인간이 되어야 한다.

고대 유대사회의 예시바(학교)에서 1학년은 '현자(賢者)'라 했고 2학년은 '철학자', 그리고 최종 학년인 3학년이 되어서야 비로소 '학생'이라 불렀다. 사람으로부터 겸허함을 배우는 자가 가장 지위가 높으며, 학생이 되기까지는 최소 몇 년간의 수업을 쌓아야 한다고 생각했던 것이다. 『탈무드』에서는 '현인이라도 지식을 뽐내는 자는 무지를 부끄러워하는 어리석은 자만도 못하다'고 했으며, '돈은 자만에 이르는 지름길, 자만은 죄에 이르는 지름길'이라고 경고하고 있다.

장로들의 결론

옛날 유대의 어느 소도시에서 있었던 이야기다.

이 도시는 여느 도시와 다름없이 평범했지만, 한 가지 문제가 있었다.
도시로 통하는 길이 산자락에 난 비좁은 오솔길뿐이었는데, 워낙 경사
가 가팔라서 툭하면 오가는 행인들이 굴러떨어지는 사고가 발생했다.
식료품 상인이 산에서 굴러 물건을 가져오지 못하면 도시는 극심한 식
량난을 겪어야 했다. 우편배달부가 벼랑에서 굴러 우편행랑을 잃어버
렸을 때도 마찬가지였다. 우유배달부가 갓난아기에게 먹일 우유를 엎
질렀을 때는 도시의 장로(長老)들이 회의를 소집해 대책을 강구해야 했

다. 이런 일이 계속된다면 머잖아 도시가 마비될 지경이었다.

이윽고 장로들이 모여 회의를 열었고, 제각각인 의견이 속출했다. 그래서 무려 엿새 동안 열띤 토론을 벌이다가 사바스가 돌아오자 장로들은 가까스로 하나의 결론에 이르렀다.

그렇게 오랜 격론 끝에 장로들이 내린 결론은 산자락 아래에다 병원을 짓기로 한 것이었다.

이 이야기는 아무리 오래도록 토론을 벌여도 입이 있어 말한다는 식의 토론이라면 별다른 효과를 거둘 수 없다는 것을 가르치고 있다. 설령 병원을 짓더라도 생선장수든 우편배달부든 우유배달부든 변함없이 사고가 이어질 것이었다.

유대 격언 중에는 어리석은 사람의 행위를 소재로 한 것이 많다. 그러나 대부분이 어리석은 이들을 신랄하게 비웃기보다는 오히려 따뜻한 인간애가 느껴진다.

'어리석은 자는 현자가 1년이 걸려도 대답할 수 없는 질문을 단 한 시간 안에 퍼붓는다.'

'구세주는 모든 환자를 치료할 수 있었지만, 어리석은 자를 깨우치는 일은 포기하고 말았다.'

'어리석은 자도 침묵하고 있으면 성인(聖人) 같아 보인다.'

칭찬은 말의 선물

인간은 자신의 생활을 유지하는 데 자기를 돌봐주는 사람보다는 자기가 돌봐주고 있는 사람에게 호의를 갖는다. 이런 부분에서도 인간의 약점이 드러난다. 남에게 신세를 지고 있다는 것은 허영심에 상처를 입히기 때문이다. 자신이 남의 영향력 아래에 있다는 엄연한 사실을 인정하고 싶지 않은 것이다.

인간은 '나'라고 하는 유일한 동물이다. 당연히 자기를 중심에 두어야 한다. 세계는 자기로부터 출발하는 것이며, 자기애도 건전한 것이다. 하지만 도를 지나쳐서는 안 된다. 자기애에 도취되면 스스로를 지키는 데도 위험하다.

사람은 남에게 칭찬을 들으면 즐거워한다. 남들로부터 자신을 인정받고 싶은 것이다. 그래서 사람을 움직일 때는 그 사람의 자기애에 호소하면 효과적이다. 인생에서는 인사말을 하는 것도 필요하고, 상대방이나 그가 가진 것을 칭찬해주는 예의도 필요하다. '말의 선물'도 꼭 필요한 사교기술 중 하나다.

『탈무드』는 칭찬하는 방법에 대해 이렇게 서술하고 있다.

'누군가를 칭찬하고자 할 때 어리석은 자에게는 과장되게 칭찬해야 하고, 현명한 사람에게는 그 반대로 해야 한다. 이것은 의사가 약을 투여하는 경우와 정반대다. 의사는 중환자에게 독한 약을 처방하고 경미한 환자에게 약한 약을 투여하지만, 칭찬할 때에는 지혜로운 자에게는 정도에 맞게, 어리석은 자에게는 과장되게 해야 한다.'

우리는 누군가가 죽으면 고인을 위해 좋은 말을 아끼지 않는다. 왜냐하면 죽은 사람은 이미 경쟁상대가 되지 않기 때문이다. 그가 생전에 성공한 사람일수록 살아 있는 동안 시샘의 대상이었으며, 죽은 다음에야 비로소 칭찬의 말을 늘어놓는 것이다.

인간은 또 노인과 아이들에게 관대한 편인데, 노인은 과거에 속하고 아이는 미래에 속해 있어 오늘에 살고 있지 않기 때문이다. 오늘을 함께 살고 있는 경쟁상대에게 친절을 베푸는 경우는 매우 드물다. 인간이 성공이라는 산의 정상에 가까워질수록 선망이나 질투라는 번개에 부딪히는 것도 이 때문이다.

『탈무드』는 '경쟁상대에게도 관대함을 보이며 상대방을 칭찬해주면 선망이나 질투는 그만큼 약화된다'고 말하고 있다. 경쟁상대를 칭찬하기는 매우 힘들다. 그렇지만 라이벌한테서도 배울 것은 많다.

『탈무드』는 '자기애의 가장 좋은 반려(伴侶)는 겸허함과 타인에 대한 동정심이다'라고 충고하고 있다.

산양이 랍비가 될 수는 없다

『탈무드』에는 이런 말이 있다.

'바다 속으로 완전히 가라앉아버린 배는 항해하는 다른 배를 방해하지 않지만, 절반쯤 물에 잠긴 배는 다른 배에 장애가 된다.'

물론 다른 사람들과 어울려 사는 사람치고 완전히 어리석은 자는 있을 수 없다. 자기 스스로 그렇다고 인정하는 사람도 없을 것이고, 자기 존재를 부정할 만큼 자존심까지 내팽개칠 사람이 있겠는가?

이 격언은 정확하지 않은 어설픈 지식을 함부로 쓰면 자신은 물론 남들까지 다치게 한다는 것을 경계하는 것이다. 사람들은 다른 사람들로부터 인정받기 위해 정확하지도 않은 지식을 남발한다. 이 본능적 유혹은 생각보다 강력하다.

'가득 들어 있는 항아리가 반쯤 들어 있는 항아리보다 움직이기 쉽다'는 격언도 음미해볼 만하다.

수염이 있다고 산양이 랍비가 될 수는 없다.

랍비들은 대부분 수염을 기른다. 성서에 얼굴을 비롯한 전신에 상처 입는 것을 피하라고 되어 있기 때문이다. 그렇게 생각한 랍비들은 자연히 면도를 하지 않아 수염을 기를 수밖에 없었다.

헤브라이어에서 랍비는 '우리 선생님'이라고 하는데, 이 말은 곧 유대인 지역의 지도자이며 지식을 갖춘 현자다. 그러므로 '수염이 있다고 산양이 랍비가 될 수는 없다'는 속담도 겉모양을 아무리 똑같이 꾸며도 속이 다르면 아무런 의미가 없다는 진리를 일깨워주는 경구인 것이다. 만약 수염 모양으로만 평가하면 산양이 이 세상 제일의 현자일 것이다.

탈무드형 인간

7

도전하는 삶

오늘날 사람들은 물질만능주의에 사로잡혀 탐욕적으로 살고 있다. 무엇이든 물질을 우선시하고 정신적인 가치를 경시하는 것이다. 그 결과 사람들은 스스로를 잃고 있다. 불안감을 달래기 위해 더 많은 물질에 경도되고, 폭음이나 과식을 일삼으며 도망치려고 한다.

물론 물질적으로 풍요로운 것이 나쁘지는 않다. 물질이 풍요로워지면

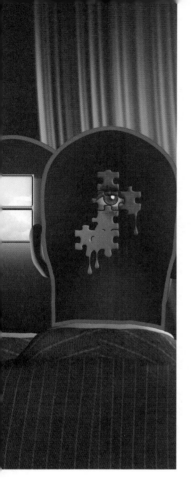

보다 건강한 삶을 누릴 수 있을 뿐만 아니라 질 좋은 교육을 받을 수 있고, 여유가 있어서 그만큼 자기계발에 시간을 쓸 수 있다. 물질적인 풍요는 확실히 즐거운 것이다.

유대인이 믿어왔듯, 우리 인간은 분명 하늘과 땅 사이에 살고 있다. 우리의 반은 하늘에 속해 있으며, 반은 땅에 속한 존재다. 그래서 인간은 빵만으로 살 수 없으며, 그렇다고 빵 없이 살아갈 수도 없다. 물질을 두려워하는 것은 올바른 태도가 아니다. 그것을 두려워하기 때문에 금욕적인 생활을 한다. 특히 가난하던 시대에는 물질을 아끼지 않으면 살아남을 수 없었다. 대부분의 문화에서 물질을 두려워한 나머지 금욕이 하나의 미덕이 되기도 했다. 그러나 두려워하기만 하다가 한번 굴복해버리면 그것의 노예가 되고 만다.

유대인은 금욕적이지 않았기 때문에 항상 물질을 도구로 삼아왔다. 게다가 자신들의 절반이 하늘에 속해 있다는 사실을 잊지 않았다. 그들의 균형감각을 웅변하는 대목이다.

물질을 너무 많이 갖게 되면 도리어 삶이 불편해진다. 과도하게 일하면 자기 시간을 모두 일에 빼앗기는 것과 마찬가지로, 너무 많은 것을 소유하면 자신의 에너지를 물질에 빼앗겨버린다.

최신 전자제품도 사용하지 않으면 아무런 의미가 없다. 그런데 이것들을 사용하다 보니 다른 사람과의 접촉이 줄어들게 된다. TV를 보거나 영화를 감상하면 그 시간만큼 사람들과의 대화가 줄어든다. 물질이 풍요로워질수록 인간관계는 축소되는 것이다. 인간이 물질을 계속 소비해가다 보면 부지불식간에 물질에 의해 소모되어갈 가능성이 높다. 인간이 물질에 지배받게 되는 것이다.

현대인에게 안정된 생활은 그 무엇보다도 중요하다. 그리고 보다 크고 훌륭한 집, 더 나은 성능의 자동차 등으로 상징되는 풍요로운 삶을 필요로 한다.

그러나 산에 오를 때 이미 다른 사람이 앞서 올라간 길을 따라간다면 보물을 찾을 수 없다. 좋은 학교를 졸업하고 훌륭한 직장에 취직해 정년이 될 때까지 틀에 박힌 삶을 쫓아간다면 뻔한 인생을 살다 말 것이다.

인생에는 때때로 모험이 필요하다. 모험은 매력적인 인간을 만들어낸다. 변화하는 사회에서 성공을 거두려면 남다른 노력과 강인한 의지력으로 앞서나가야 한다. 어느 순간 자신을 창조할 수 있는 기회가 주어지는데도 그것을 최대한 활용하지 않고 머뭇거리는 사람은 스스로를 꽃피울 수 없다.

개성을 발전시키는 법

인간은 누구나 자기 스스로를 소중히 여기지 않으면 안 된다. 자기가 진정 성실한 태도로 스스로를 존중할 때 개성이라는 빛나는 존재가 생

겨난다. 그리하여 그 개성을 통해 세상에 공헌하게 된다. 따라서 개성을 기르는 일 역시 빼놓을 수 없는 인간의 의무다.

'헤브라이' 라는 말의 의미는 '대안(對岸)에 선다' 이다. 반대를 두려워 해서는 안 된다. 그리고 다른 사람이 자기에게 반대하는 것도 용서하지 않으면 안 된다. 왜냐하면 서로 다른 것들이 경쟁함으로써 새로운 것이 만들어지기 때문이다. 세계가 한결같다면 진보나 발전은 불가능하다. 『탈무드』는 수많은 랍비들의 논쟁을 수록한 책이다. 현명한 랍비들의 대화를 몇백 년이라는 긴 세월 동안 테이프에 녹음해 정리한 것이 바로 이 유대인의 영지(英智)를 집대성한 대사전이 된 것이다. 『탈무드』는 '만약 모든 이들이 한 방향으로만 나아간다면 세계는 기울어지고 말 것이다'라고 가르치고 있다.

개성이 얼마나 중요한가를 비슷한 예를 들어 쉽게 설명해보자.

도시 안에는 수많은 커피숍이 있다. 그런데 커피숍은 일차적으로 그 부근의 손님들을 상대로 영업한다. 이것은 비교적 상권이 좁은 편이다. 주로 샐러리맨들이 점심을 먹으러 찾아오는 식당 역시 그 상권이 좁아서 주변의 손님들밖에 오지 않는다. 그러나 식당에 어떤 특색이 있고, 특정 분야가 전문화되어 있다면 멀리서도 손님들이 찾아온다. 이렇게 되면 상권이 넓어져 '단골집'이 되고 '단골손님'이 생기게 마련이다. 멀리서도 손님이 찾아오니 상권이라는 개념조차 희미해진다.

인간도 이와 비슷하다. 참으로 개성이 있는 인간은 자신의 지역적인 연고나 범위가 사라진다. 그의 개성을 좇아 멀리서도 사람들이 찾아오기 때문이다. 인간에게는 '커피숍형'과, 특색이 있고 전문화된 '식당형' 혹은 '단골형'이 있다. 어느 쪽이 되는가는 순전히 스스로 자신의 개성을 어떻게 닦아나가느냐에 달려 있다.

날지 못하는 새

하느님이 처음으로 새와 짐승을 만들 때만 해도 새에게는 날개가 없었다. 어느 날 새 한 마리가 하느님을 찾아와 하소연했다.

"사자는 날카로운 이빨을 갖고 있고, 말에게는 강한 뒷다리가 있습니다. 하물며 뱀도 자기를 보호할 무서운 독을 가지고 있는데, 저는 가진게 아무것도 없습니다. 전 무서워죽겠습니다."

새의 고충을 듣고 난 하느님은 맞는 말이라고 생각했다. 그래서 새에게 멋진 깃과 날개를 선물했다.

그런데 얼마 후 새가 또다시 찾아와 불평을 늘어놓았다.

"이건 아무 쓸모도 없이 되레 짐만 될 뿐입니다. 이것 때문에 예전처럼 빨리 달릴 수도 없다고요!"

"이 어리석은 녀석아!"

하느님이 말했다.

"넌 네 몸에 붙은 날개를 사용해볼 생각도 못했단 말이냐? 네게 날개를 달아준 것은 짐을 지고 뛰라는 것이 아니라 그걸로 하늘을 날아다니라는 것이다."

인간은 누구나 자신이 충분한 능력을 부여받지 못했다고 불평한다. 그런데 사실은 부여받은 능력이 부족한 것이 아니라 스스로에게 주어진 능력을 제대로 활용하지 못하는 경우가 많다. 가장 좋은 예가 바로 인간의 머리다. 의학적으로 규명된 바에 의하면, 인간은 수많은 뇌세포들 가운데 극히 일부분만 사용하고 있다고 한다.

집안이 가난하다고, 출세 배경이 없다고 탄식해서는 안 된다. 그러면 결국 이야기 속의 새가 되어버릴 뿐이다. 우리에게는 스스로를 영위할 수 있는 육체와 머리가 있다. 그리고 누구에게나 평등하게 주어진 시간도 있다.

아인슈타인이 말했다.

"현재는 어떤 때인가? 항상 새롭게 출발할 수 있는 때이다."

인간은 종종 자신의 실패를 남의 탓으로 돌리고, 자신은 아무것도 가진 것이 없다는 핑계를 대며 만족해버린다. 그러나 그렇게 속단하기 전에 자신이 가지고 있는 것들을 점검해봐야 한다.

용기와 의욕, 절제와 인내, 포기할 줄 모르는 투혼 같은 것이 필요하다. 자기 안에 있는 훌륭한 것들만 잘 끄집어내어 활용한다면 우리는 얼마든지 유용한 무기를 가질 수 있다.

기도란 스스로를 돌아보는 것

유대의 사고방식에 따르면, 인간은 신께 순종해야 함과 동시에 신에 대해 독립적인 존재여야 한다. 그래서 신과 계약을 맺을 수 있는 것이다. 『탈무드』는 '이성(理性)은 신과 인간의 중개자다'라고 규정하고 있다. 유대인에게 신은 맹종의 대상이 아니며, 권위에 맹종하는 것이야말로 그들이 가장 경멸하는 것이다.

신에게 기도한다고 할 때 '기도'에 해당하는 헤브라이어는 '히트 파렐'인데, 이것은 영어의 '프레이(pray)'와 다른 의미다. 프레이는 '신께 부탁한다'나 '신께 빈다'는 의미로 해석되는데, 이 경우 남의 힘에 의존하기 쉽다. 단지 신께 의존하기 위한 기도로는 휴식 정도밖에 기대할 수 없다.

『탈무드』는 경계하고 있다.

'스스로 할 수 있는 일을 신께 기도해서는 안 된다.'

사실 마음의 위안을 구하거나 기분전환을 위해 기도할 때조차 매우 진지해지는 경우가 있는데, 이런 현상은 아이가 인형을 가지고 놀 때와 비슷하다. 인형을 너무나 끔찍이 여겨 진짜 동생을 대하듯 하는 아이처럼.

'히트 파렐'은 스스로를 평가한다, 혹은 자신을 저울질해본다고 하는 의미가 있다. 자신이 하느님의 기대에 얼마나 부응했는지, 얼마나 헌신했는지를 스스로 평가해보는 것이다.

인간은 신께 기도하는 유일한 동물이다. 그러나 자신이 구하고자 하는 것이나 원하는 것을 말한다고 진정한 기도가 되는 것은 아니다. 그래봐야 탐욕스런 '에고이즘(egoism, 이기주의)'에 신이라는 이름의 향수를 뿌린 것일 뿐이다.

신은 인간 스스로 자신에게 경의를 표하게 만듦으로써 비로소 만족한다. 인간과 인간의 관계도 마찬가지다. 스스로 한 점 부끄럼이 없도록 자신을 창조함으로써 비로소 주위 사람들에게 존경받는 것이다.

듣기를 두 배로 하라

'말을 너무 많이 해서는 안 된다. 말하기보다 듣기를 두 배로 하라.'

이것은 『탈무드』가 가르치는 중요한 덕목 중 하나다.

『탈무드』는 또 이렇게 말한다.

'신은 왜 인간에게 두 개의 귀를 만들고, 입은 하나밖에 만들지 않았는가? 그것은 말하기보다 듣기를 두 배로 하라는 뜻이다.'

'행복하게 살고 싶다면 코로는 신선한 공기를 들이마시고, 입은 꼭 다 물어라.'

현명한 사람은 자신의 지성을 감추고, 어리석은 사람은 어리석음을 드러낸다는 충고다.

실제로 주위를 둘러보면 말을 잘하는 사람보다 듣기를 좋아하는 사람이 존경받는다. 남의 말을 잘 듣는 사람은 은근히 지혜를 발휘하고 있으며, 늘 떠들썩하게 자기주장만 늘어놓는 사람은 스스로의 어리석음을 폭로하고 있는 것이다.

똑같은 말을 하더라도 미소 짓듯 말하는 방법과 요란스레 떠드는 방법

두 가지가 있다.

만약 '침묵'이 현자에게 커다란 이익을 가져다준다면, 보통사람에게는 어느 정도의 이득을 안겨줄 것인가? 누구라도 자신의 지난날을 뒤돌아본다면, 잠자코 있었던 일을 후회하기보다는 말해버린 일을 후회하는 쪽이 훨씬 더 많다. 자기 혀에게 침묵을 가르친다는 것은 살아가는 데 많은 이득을 안겨준다.

『탈무드』는 '자기 혀를 보물같이 소중히 취급하라'고 가르치고 있다. '침묵은 금, 웅변은 은'이라고 말하는 까닭도 이 때문이다. 침묵은 지성인이 걸친 황금 갑옷이다. 물론 필요한 경우에는 충분히 자기주장을 표현하지 않으면 안 된다. 그럼에도 말을 잘하는 것보다 침묵하기가 훨씬 더 어려운 것이 사실이다.

혀를 조심하라

인간은 누구나 말을 하고 싶은 욕망을 가지고 있다. 그래서 말을 너무 잘하는 인간은 말하고자 하는 타인의 욕망을 무의식적으로 방해하게 된다. 그 결과, 후회할 만한 말을 하지 않았더라도 상대방에게 결코 기쁨을 주지는 않는다.

혀는 흔히 칼에 비유된다. 주의해서 다루지 않으면 남에게 상처를 입힐 뿐만 아니라 자신도 상처를 입는다. 우리는 능숙한 검객이 되지 않으면 안 된다. 훌륭한 검객은 꼭 필요할 때가 아니면 칼을 뽑지 않는다.

혀는 눈이나 귀와 전혀 다르다. 눈이나 귀는 우리의 의지로 보거나 들

는 것이 아니지만, 혀는 자신의 의지로 얼마든지 조정할 수 있다. 혀는 원래 훈련이 가능하다.

어리석은 사람에게 '저 녀석은 말이 너무 많아'라고 말하는 경우가 있다. 과음하거나 음식을 너무 많이 먹는 데는 더러 주의를 기울이지만, 말을 많이 하는 데는 무신경함으로써 위험을 스스로 불러온다.

『탈무드』는 '말이 당신의 입 속에 있는 동안은 당신이 말의 주인이지만, 그것이 입 밖으로 내뱉어진 후에는 당신이 그 말의 노예가 되어버린다'고 경고하고 있다.

입은 문과 같다. 문은 필요할 때 열어야 하는데, 늘 열어두면 불필요한 말썽을 불러들인다.

그렇다면 과연 말에 대해 어떤 태도를 취해야 하는가?

말은 그 수를 헤아릴 것이 아니라 하나하나 그 무게를 달아야 한다. 말은 또 약에 비유된다. 적당량의 말은 몸을 이롭게 하지만, 과도한 사용은 해(害)를 부른다.

『탈무드』에는 혀에 대한 경계가 수없이 많은데, 그만큼 혀에 걸려 넘어진 사람이 많기 때문이다.

'조심하라, 혀에는 뼈가 없다.'

실패를 기념하라

유대인은 다른 민족과 달리 패배와 굴욕적인 날을 기념하는 매우 보기 드문 민족이다. 그것들을 기억하는 것으로부터 힘이 생겨난다고 믿기

때문이다. 다른 민족은 승리의 날만 기념하고 실패한 날은 기억조차 하지 않으려 한다. 유대인들이 실패를 잊지 않으려고 하는 것은, 그것이 너무나 귀중한 교훈이기 때문이다. 사실, 실패만큼 좋은 교훈도 없지 않은가?

유월절은 유대의 가장 큰 축제일로, 이집트에 노예로 붙잡혀 있다가 해방되어 이스라엘 땅으로 되돌아간 날이다. 세계의 유대인들이 이날만큼은 모두 모여 해방을 자축한다. 그리고 이 유월절에는 노예생활을 할 때 먹었던 '맛소(소다를 넣지 않은 딱딱한 빵)'를 먹는다. 이것은 민족이 받았던 굴욕을 재음미하는 의미를 지니고 있다.

유월절 식탁에는 쓴맛이 나는 나뭇잎이 나온다. 축하연 식탁과 어울리지 않는 이 이파리는 예전의 쓴맛을 음미하기 위해서다. '맛소'와 같은 의미다. 또 반드시 단단하게 삶은 달걀이 나오고 마지막으로 '아라차'라는 술을 마신다.

인간은 고난에 부딪히면 부딪힐수록, 패배를 거듭할수록 강해지지 않으면 안 된다. 어떤 문제든 실제 행동을 통해 해결할 수밖에 없다. 인생에는 성공도 있고 실패도 있는데, 성공만 기억하고 있는 사람은 실패할 가능성이 높다. 성공이 사람들에게 태만을 불러일으키기 때문이다. 이에 반해 실패는 사람들을 긴장시키고 경계하게 만든다.

지은 죄가 하나도 없는 사람이 없듯, 단 한 번의 실패도 겪지 않는 사람은 없다. 그런데 진정한 의미의 실패란 똑같은 실패를 두 번 되풀이하는 것이다. 한 번의 실패는 부끄러워할 필요가 없지만, 똑같은 실패를 되풀이하면 크게 부끄러워해야 한다. 그래서 실패는 과거로 떠나보내고 미래라는 공간에 성공을 불러들여야 한다.

노왓

한 남자가 허둥지둥 길을 가고 있었다. 랍비가 그를 불러세우고 물었다.

"왜 그렇게 바삐 서두릅니까?"

남자가 대답했다.

"생활을 따라가려고 이럽니다."

"그런다고 그게 붙잡힐 것 같소?"

260

랍비가 계속 말했다.

"생활을 쫓아가려고 그렇게 바쁜데, 실제로는 생활이 당신 뒤에서 당신을 쫓아오고 있는 건 아니오? 당신은 그냥 얌전히 기다리면 되는데, 점점 더 도망쳐버리는 게 아닌가 이 말이오!"

우리는 업무에 시달리고 일에 너무 열중한 나머지 본래의 인간다운 생활에서 멀어지는 경우가 많다. 바쁘다는 것은 곧 부지런하다는 것이므로 장려해야 할 것 같지만 꼭 그렇지만도 않다. 사람은 더러 일을 멈추고 '도대체 나는 왜 태어났는가?', '어떤 사명이 내게 주어졌는가?', '내 인생의 목표는 무엇인가?' 하는 문제들을 생각해봐야 한다. 스스로에게 이런 근원적인 질문을 던지는 것은, 비록 그 정답이 없더라도 인간의 내면적인 깊이를 심화시켜준다.

흔히들 현대를 '노하우(know-how)'의 시대라고 말한다. 여러 가지 문제를 안고 있는 우리의 삶을 어떻게 해결할 수 있을지 고민하는 것이 노하우다. 그러나 오늘날의 인간은 노하우에 열중한 나머지 '노왓(know-what)'을 잊어버리고 있다.

노왓이란 사물의 본질을 꿰뚫고자 하는 노력이다. 이것을 고민하지 않으면 인생의 목표를 알지 못한다. 테크닉과 편법에 정신을 빼앗겨버리면 주위 사람들에게 호소할 수 있는 무언가를 잃어버리게 된다. 당연히 노왓을 생각하는 사람이 더 인간미를 풍긴다.

자유인

자유란 스스로 확고한 의지가 있어 외부의 권위에 맹종하지 않는다는 것을 의미한다. 자신만의 고유한 사상을 지니고 있으며, 주위의 여러 사고방식을 통째로 받아들이거나 의지하지 않고 나름대로의 사고방식을 갖고자 열망하는 사람이 바로 자유인이다.

『탈무드』가 상식으로부터 자유로워지라고 권하는 것은 그 의미가 매우 깊다. 실제로 천문학을 보면, 갈릴레오나 케플러는 그들 시대의 천문학적 상식에 도전함으로써 과학적 진보를 이루었다. 아인슈타인 역시 당시의 사고방식에 도전했다. 이렇게 인류는 상식으로부터 자유로운 사람들에 의해 진보·발전해왔다.

'헤브라이' 라는 말은 원래 다른 사람과 다른 장소인 강 건너편에 서 있다는 뜻이다. 한 사람, 한 사람이 제각기 다른 곳에 서려 하지 않으면 진정한 독립과 자유는 쟁취되지 않는다.

우리 주변을 살펴보면, 권위나 상식에 도전하지 않고 주위 사람들을 흉내내는 쪽이 훨씬 더 안락하게 생활하고 있음을 알 수 있다. 바로 여기에서 획일화라는 커다란 위험이 생겨난다. 남의 생활을 모방하고 있는 사람을 자유인으로 인정하기는 힘들다. 자유는 언제나 개인의 독립으로부터 시작된다.

한 사람, 한 사람은 전부 다르다. 똑같은 일을 두 사람에게 시켜보더라도 서로 다르게 처리한다. 이것이 인간의 특징이다.

개성이 부정되는 사회에서 진보란 있을 수 없다. 마찬가지로 스스로의 개성을 말살하고 있는 사람에게도 진보가 있을 수 없다. 인간이 존귀하게 대우받을 때 개인이 존귀한 것이다. 인간은 신을 닮았지만 대중은 그렇지 않다. 따라서 개인이 무턱대고 대중을 모방한다면, 태어날 때부터 스스로에게 부여된 창조의 사명을 망각하는 것이다.

창조의 사명, 예술은 한 사람 한 사람의 개인이 만드는 것이다. 예술가는 한 사람이다. 마찬가지로 인생도 예술이다. 당신의 인생이라는 작품을 창조할 수 있는 사람은 당신뿐이다. 훌륭한 작품을 만드는 것도, 그러지 못하는 것도 오직 당신의 의지에 달려 있다.

탈무드형 인간

01 늘 배운다.

그렇다고 수동적으로 습득하는 자세를 취해서는 안 된다.

02 자주 질문한다.

결코 다른 사람에 대해 질문하는 것만 말하는 것이 아니다. 항상 호기심의 불꽃을 꺼뜨리지 않고, 독서를 할 때나 혼자 눈을 감고 생각할 때에도 계속 질문하는 습관을 가지라는 것이다.

03 권위를 인정하지 않는다.

사물에 대해 항상 의심하라. 모든 발전은 기존의 권위를 부정하는 데서 시작된다. 인간에게는 쉽게 수긍하려 하지 않는 오만함이 있어야 한다.

04 자신을 세계의 중심에 둔다.

타인을 경멸하라는 말이 아니다. 자기를 소중히 여기는 사람은 다른 사람도 소중하게 대한다. 그리고 지금까지 세계의 모든 발전은 자신을 존중하는 사람에 의해 시작되었다.

05 폭넓은 지식을 갖고 있다.

자기가 받아들인 온갖 지식은 저절로 상호작용을 일으켜 풍성한 연상력을 길러내고 육감을 날카롭게 한다.

06 실패를 두려워하지 않는다.

실패를 좌절로 받아들여서는 안 된다. 그 이면에는 성공이 깃들어 있다. 성공과 실패는 표리관계다. 그만큼 성공에 가까워졌다고 생각해야 한다.

07 현실적이다.

될 수 있는 한 자연스럽게 살아야 한다. 가능성과 더불어 한계를 알아야 된다. 인간은 하늘과 땅에 동시에 속해 있는 존재다. 어느 한쪽에 속하려 해도 안 되고, 무리해서도 안 된다.

08 낙관적이다.

내일이란 새 발전을 써넣어야 할 백지와 같은 것이다. 자기 내부에도 언제나 흰 종이가 마련되어 있다. 여유를 갖고 그 백지를 메워나가라.

09 풍부한 유머감각을 갖고 있다.

웃음은 의외성에 의해 초래된다. 사물에는 항상 뜻밖의 견해가 또 하나 있다.

10 대립을 두려워하지 않는다.

발전은 대립에서 생긴다. 자기 견해에 찬성하지 않는 사람도 존중해야 한다.

11 창조적인 휴일을 보낸다.

인간의 진가는 휴일을 어떻게 보내느냐는 것으로 가름할 수 있다.

12 가정을 소중히 한다.

집은 자기를 키우는 성(城)이다. 자기를 중심으로 한 생활을 영위하려면 자기 가정을 소중히 해야 된다.

탈무드형 인간의 연상력

흔히 '탈무드형'이라고 하면 다양한 지식과 지혜를 가지고 있는 것을 가리킨다.

현대는 다양화의 시대이므로 한 가지의 전문지식을 갖고 있는 것만으로는 쓸모가 없다. 쓸모없어 보이더라도 지식을 늘려야 된다. 요컨대 지식의 폭을 넓혀야 한다는 것이다. 어떤 지식이라도 가능한 한 많이 가지고 있는 편이 유리하다.

『탈무드』는 사고술(思考術)의 하나로 연상(聯想)이 가지고 있는 힘을 높이 평가한다. 인간이 지닌 사고력은 연상하는 힘이다. 하나의 생각이 실마리가 되어 다음 생각을 유도한다. 연상력과 감성(感性)의 예민함은 같은 것이다.

실제로 연상력만큼 훌륭한 것은 없다. '저 사람은 머리가 좋다'고 말하는 것은 연상력이 풍부하다는 의미다. 프로그래밍이 잘된 컴퓨터를 움직이는 힘은 바로 연상력이다.

탈무드형 인간은 연상력이 풍부해야 된다. 그러려면 자신의 관심 분야를 한정하지 말고 전반에 걸친 지식을 가지고 있는 편이 유리하다.

영어에서는 연상을 'association'이라고 한다. 이것은 '결합시킨다'는 뜻도 내포하고 있는데, 개인적 지식의 집적이 클수록 지식이 서로 어울려 자극하므로 직관력이 날카로워진다. 인간이 가지고 있는 지력

(智力)은 궁극적으로 직관력이다. 단지 갖고 있는 지식만으로는 여러 상황에 적응할 수 없다.

두뇌는 단순히 기억을 저장해두는 창고가 아니다. 다양한 지식이 상호 간에 화학반응을 일으켜 창조적인 발상이 생긴다.

연상력은 그것을 발상한 주인공까지 놀라게 한다.

"내가 어떻게 이런 생각을 해낼 수 있었을까!"

이렇게 감탄한 적이 틀림없이 있을 것이다.

그런데 지식을 가능한 한 많이 흡수한다는 것은 주입식 교육과 전혀 다르다. 지식을 구하는 일은 어디까지나 왕성한 호기심이 뒷받침되어야 한다. 그러므로 『탈무드』에서도 일깨우듯, 학문은 좋아하는 자세부터 갖추어야 된다.

연상력은 자유분방한 것이다. 사고가 고정화되면 모처럼 하늘로부터 받은 불가사의한 연상력도 발휘할 수 없다. 어떤 지식을 접할 때 습득하려는 태도를 취하면 지식은 머릿속에서 고정화되고 만다. 자유롭게 돌아다녀 상호간에 자극하는 일이 없다.

탈무드형 인간은 고지식하면 안 된다. 권위를 비웃을 수 있는 강짜기질이 있어야 한다. 권위에 대한 도전과 완고한 정의감을 동시에 갖추고 있어야 한다. 저장된 지식이 어울려서 놀 수 있는 공간을 만들어줘야 하고, 그래야 비로소 연상력에 의한 기습을 받게 된다.

『탈무드』에 의하면 연상력이라는 불가사의한 힘을 작동시키기 위한 세 개의 방아쇠가 있다. 자기 혹은 타인과의 대화·독서·집필이 그 것이다. 연상력은 게으름뱅이다. 그러므로 수시로 방아쇠를 당겨줘야 한다.

연상력은 자기 스스로 만드는 것이다. 우선 호기심의 인도를 받아 지 식을 축적해야 한다. 그러면 잠재의식 속에 저장된다. 인간의 의식 중 90퍼센트 이상이 잠재의식이다. 잠재의식 속에 저장된 지식이 풍부 해지면 이윽고 상호 화학반응을 일으킨다. 연상력을 폭발시키기 위해 서는 역시 세 개의 방아쇠를 활용할 필요가 있다. 지식을 긁어모으는 데 그치는 서고의 파수꾼이 되어서는 안 된다.

시련 끝에 피는 꽃

8

폭풍 속의 배

유대인 세계와 이교도 세계의 근본적인 차이는 무엇인가?

유대인 세계에서는 도덕과 교육을 인생에서 가장 중요한 덕목으로 삼아왔다. 그런데 이교도 세계에서는 일부 엘리트만 교육과 도덕을 중요시했을 뿐 술과 여자, 금전을 도덕이나 교육보다 우선시했다.

여기, 가난한 유대인 부부가 있다. 이들 부부는 마지막 남은 1센트까지도 책을 읽기 위해 사용했다. 값비싼 식사를 못하더라도 책을 사서 읽었다. 바로 이것이 유대인의 세계다.

유대인 거리에서 사람들이 가장 많이 모이고 출입이 잦은 장소는 바로 도서관이다. 이와 달리 주위의 그리스도교도 거주지에서 사람들이 가장 많이 출입하는 곳은 술집이다. 유대인 아이들은 그리스도교도들이 취해서 비틀거리며 술집을 나서거나, 만취해 길거리에 쓰러져 있는 모습을 진귀한 동물이라도 보듯 바라보곤 한다.

유대인 거리에서는 꽤 어려워 보이는 책을, 결코 읽을 것 같지도 않는 사내들까지도 액세서리로 혹은 자신도 이런 책을 읽는다고 과시라도 하듯 책을 빌려 들고 다니는 모습을 볼 수 있다. 이와 같은 교육에 대한 동경과 태도가 수천 년 동안 되풀이되어 그들의 지적 수준을 월등하게 향상시킨 것이다.

오랫동안 유럽에서는 대부분의 사람들이 글자를 읽지 못했다. 그러나 유대인만은 누구나 글을 읽을 수 있었다. 오늘날의 의무교육 따위가 유대인을 제외한 유럽인들에게는 최근에야 생겼지만, 유대인에게는 그다지 새로울 것도 없고 몇천 년 전부터 이행되어왔다.

한 랍비는 이렇게 술회했다.

"유대교는 문자로 지탱된 종교다. 따라서 모든 아이들이 제일 먼저 글자 읽는 법을 배웠다. 유대인의 지적 수준이 높은 것은 유대교가 문자로 지탱된 종교이기 때문이다."

예로부터 유대인은 어떤 직업을 선택하든 글을 읽었다. 그래서 어릴 때부터 도덕심을 지키고 신을 공경하는 법을 배울 수 있었다. 때문에 유대인은 장사꾼이 되어서도 도덕심을 중히 여기고 있는 것이다.

유대인 어린이는 다음과 같은 이야기를 들으며 성장한다.

"부자와 가난뱅이가 배를 타고 여행을 하고 있었다. 부자는 다이아몬드나 황금 등의 여러 가지 보석을 넣은 트렁크를 가지고 있었고, 가난뱅이는 가진 것이 없었지만 교육만은 받고 있었다. 그런데 느닷없이 폭풍을 만나 배가 침몰했는데, 부자와 가난뱅이가 맨몸으로 구조되었다. 물론 부자는 보석을 몽땅 잃고 말았다. 그후 두 사람 중에서 누가 더 풍요롭게 살게 되겠는가?"

오랫동안 이교도들에게 받은 박해는 배를 침몰시킨 폭풍으로 상징되고 있다. 그래서 재산보다 소중한 것이 교육이고, 교육만 받는다면 얼마든지 새롭게 출발할 수 있다고 말해주는 이야기다. 이와 같은 교훈은 어머니가 아이들에게 무려 2,000년 가까이 되풀이하여 전하고 있다.

불굴의 유대인

어느 철학자가 '만약 신이 존재하지 않았다면 인간을 발명해야 했을 것이다'라고 말했다.

많은 나라의 정부가 대외무역이나 정치협상을 할 때 자기 나라 유대인을 전면에 내세웠다. 유대인이 없으면 어디선가 데려와야 했다.

폴란드도 그런 나라들 중 하나였다. 중세의 폴란드는 모든 면에서 매우 낙후된 나라였다. 그 무렵 유대인은 이탈리아, 프랑스, 독일 등지에 살고 있었고 아직 동유럽에서는 살고 있지 않았다. 폴란드 왕은 유대인에게 문호를 개방해 경제를 부흥시키려 했다. 그래서 유대인은 폴란드의 산업계에서 매우 중요한 위치를 차지하게 되었고, 폴란드에서 최초로 주조된 은화에는 헤브라이어가 새겨졌다.

유대인을 이용한 예는 작은 토후국에서도 찾아볼 수 있었다. 족장이 자기 영토의 경제를 일으키려 할 때 맨 먼저 유대인을 초청하곤 했다. 그러나 이런 경우에도 유대인이 큰 성공을 거두면 그 나라 국민들이 반발

해 유대인 박해가 고개를 들었다.

유대인은 비즈니스에서 큰 성공을 거두었기 때문에 주위를 둘러싼 이민족들로부터 질투심을 유발했다. 중세에 그들은 많은 이민족들로부터 박해를 받았는데, 바로 비즈니스의 재능이라는 양날이 있는 칼을 지녔기 때문이었다.

유대인에게 가해진 집단적 폭력과 파괴는 그들의 수중에 있는 경제적인 지위를 탈취하려는 것이었다. 지난날 각국 정부가 앞장서서 단행한 반유대정책은 그들의 재산 몰수로부터 시작되었다. 그래서 유대인은 같은 곳에서 재출발을 시도하거나 다른 도시로 옮겨가야 했는데, 원점에서 출발해 다시 경제적인 성공을 거둔다 할지라도 또 다른 박해가 반복되었다. 이런 식의 박해는 개인적인 차원이 아니라 한 국가의 법령이나 정책 형태로 행해졌다.

오늘날 아랍 국가들이 이스라엘을 압박하고 있는 최대 무기 가운데 하나가 경제 보이콧이다. 군사적으로는 이스라엘에 맞설 수 없으므로 경제봉쇄위원회를 설치해 이스라엘과 거래한 기업은 아랍 국가에서 받아들이지 않겠다는 경제봉쇄를 단행한 것이다.

그렇다면 중세의 유대인이 가졌던 최대 무기는 무엇이었을까? 그때까지 나라를 갖지 못한 그들에게는 군사력도 없었고, 오직 인내력뿐이었다. 그들은 사업장이 불타버리면 그 즉시 다음 사업을 구상했다. 경영하던 은행이 몰수되면 그 가족은 또 다른 곳으로 이주해 다시 은행업을 시작했다.

두 번째는 불굴의 의지였다. 이것은 살아남으려는 강렬한 본능 때문에 가능한 것으로, 그들은 절대 체념하지 않고 쓰러져도 항상 다시 일어나려 했다.

세 번째는 자신에 대한 절대적인 신뢰이자 자신감이었다. 그들은 자신들의 재능을 믿었고, 자신들의 기업체가 망해도 다시 그것을 만들 수 있다는 자신감에 차 있었다. 이 정신은 훗날 그들이 미국으로 이주했을 때 발휘되어 누구도 생각지 못한 그들만의 독특한 문화를 개척하는 데 큰 도움이 되었다.

오늘날 미국의 영화산업은 유대인의 손에 쥐어져 있는데, 이것은 아무도 영화산업이라는 새로운 분야를 염두에 두지 않았기 때문이었다. 금융 분야에서도 기존 은행들은 위험부담 때문에 손을 대지 못했지만 그들은 과감한 투자로 성공을 거두었다.

네 번째는 유대인의 높은 교육수준이다. 교육수준이 낮고 지적 능력이 부족한 인간은 사업으로 성공할 수 없다. 중세 유럽은 일반적으로 교육수준이 매우 낮았지만 유대사회에는 문맹자가 단 한 사람도 없었다. 유대인은 자기 민족에 대한 애정과 도덕심으로 비즈니스를 행한다. 사업을 할 때 그들은 '기드시 하셈'을 따랐다. 이것은 '신의 명예를 존중한다'는 뜻으로, 자신의 품성을 지키며 유대인의 이름을 더럽히지 않는다는 것이다.

거대한 뿌리

한 민족을 나무에 비유해볼 때, 유대 민족은 과거라는 대지에 깊숙이 뿌리내린 거목(巨木)이다. 이 튼튼하고 굵은 뿌리가 대지의 자양분을 빨아들인다.

자양(滋養)에는 여러 가지가 있다. 선조들의 교훈과 가르침, 문화 등이 있지만 가장 큰 요소 중 하나가 바로 패배를 극복하고 살아남는 지혜다. 여기서부터 강한 의지라는 가지가 뻗는다. 큰 나무가 베어지고 나면 그것으로 끝인 것 같지만, 결코 그렇지 않다. 그루터기가 남아 있고, 그 옆에서 작은 묘목이 새싹을 틔운다. 나무를 베어 없애도 뿌리가 살아 있는 한 그 나무는 죽지 않는다.

지금까지 유대인은 수차례에 걸쳐 대대적인 박해와 학살을 당해왔다. 그러나 누구도 그들의 힘을 본질적으로 제거하지는 못했다. 그들에게는 굳건하게 뿌리내린 저력이 있었기 때문이다.

여기, 실패한 한 인간이 있다. 이미 재기불능상태까지 추락한 사람이다. 그러나 지난날의 인간관계와 신용, 축적된 정보와 지혜, 패배를 딛고 일어설 용기를 지니고 있다면 좌절할 필요가 없다. 뿌리 깊은 저력을 되살려 다시 싹을 틔우고 성장해나가면 되는 것이다. 다른 생물과 달리 인간은 시간을 의식한다. 시간은 과거 · 현재 · 미래의 세 부분으로, 이 세 가지 요소가 없는 경우 충분한 활력을 가졌다고 할 수 없다.

유대인에게는 땅 속에 완강히 뿌리를 내린 과거가 있으며, 그리하여 다른 모든 민족과 마찬가지로 현재가 있다. 그런데 유대인만큼 미래를 강하게 의식하고 있는 민족도 없다. 그들은 수천 년 전부터 자신들의 미래에 반드시 구세주가 나타나 해방을 이루리라는 신앙심을 지녀왔다. 미래를 향한 목표가 크면 클수록 인간이나 민족의 활력도 강해지는 법이다.

유대인이 이스라엘에서 추방되어 세계 각지로 뿔뿔이 흩어진 후, 그들의 목표는 이스라엘로 돌아가 조국을 재건하는 것이었다. 그래서 그때가 되면 구세주의 시대가 올 것이라고 믿으며 온갖 시련을 견뎌온 것이다. 만약 유대인의 가슴속을 들여다볼 수만 있다면, 모든 유대인에게 살아남아야겠다는 강인한 불꽃이 이글거리고 있음을 알 수 있을 것이다.

향유보다 선행

향유(香油)는 옛날에 매우 값비싼 물건이었다.

그런데 성서에는 '선행은 값비싼 향유보다 존귀하다'라고 쓰여 있다.

| 향유와 선행을 비교하는 『탈무드』의 격언 |

- 좋은 향유는 아래로 떨어지지만, 선행으로 얻어진 명성은 위로 올라간다.
- 향유는 아무리 값진 것이라도 일시적이지만, 선행은 닳아 없어지지 않는다.
- 향유는 돈으로 사야 하지만, 선행은 돈이 들지 않는다.
- 향유는 살아 있는 자들에게만 도움이 되지만, 선행은 죽은 후에도 남는다.
- 향유는 부자들만 살 수 있지만, 선행은 가난뱅이든 부자든 모두 할 수 있다.
- 향유의 향기는 집 안을 가득 채울 수 있지만, 선행은 온 나라 안을 가득 채울 수 있다.

그런데 선행을 권장하면 왠지 고리타분한 설교처럼 들린다.

그러나 선행을 쌓은 사람은 남들로부터 신뢰와 존경을 받는다. 왜냐하면 선행은 성의 없이 불가능하며, 사람들은 성의를 높이 평가하기 때문이다.

친구와의 우정

랍비 이츠하크가 말했다.

"당신이 진정으로 신을 사랑하고 있는지 아닌지는 당신이 친구를 얼마나 사랑하고 있는지를 보면 알 수 있다."

『구약성서』에도 친구 간의 우정을 잘 보여주는 이야기가 실려 있다.

옛날에 오랜 전쟁으로 고통이 심한 나라가 있었다. 한번은 큰 전투가 벌어졌는데, 적과 맞서 싸우던 한 장군이 대패했다. 이를 빌미로 왕은 그 장군을 해임한 뒤 국외로 추방해버렸다. 왜냐하면 왕은 그를 의심하고 있었기 때문이다.

왕은 나라에 대한 장군의 충성심을 알고 싶어했다. 그러던 중 그것을 알아낼 수 있는 적절한 척도를 찾아냈다.

"만약 내가 의심하는 장군이 자기 후임으로 임명된 장군의 승리를 진심으로 기뻐한다면, 그는 신뢰할 만한 사람이다. 그러나 만약 후임 장군의 승리를 시기하고 모함하는 언행을 일삼는다면 내 그를 용서치 않을 것이다."

인간의 가치는 이웃의 행복을 진심으로 기뻐하느냐, 그렇지 않느냐로 측정할 수 있다. 자신이 행복감에 젖어 있을 때 그 기쁨을 함께 나눌 수 있는 이웃이 있다면 얼마나 즐거운 일인가!

신은 인간이 자신의 마음속에 깃든 사악한 마음과 대결하도록 만들었다. 그래서 많은 인간들이 내면에서 사악함과 결투를 벌이고 있으며, 이 싸움에서 패배해 쓰러지는 사람도 있다.

| 우정에 관련된 유대 명언 |

- 결점 없는 친구를 갖고자 한다면 평생 친구를 얻을 수 없다.
- 가장 좋은 친구는 거울 속에 있다.
- 계단을 내려갈 때는 아내와 함께, 계단을 오를 때는 친구와 함께하라.
- 좋은 친구는 오래된 술과 같다. 시간이 오래될수록 향기가 짙어지기 때문이다.

도망칠 수 없다

우리는 가끔 이 세계가 부정과 부조리로 가득 차 있는 것 같아서 좌절감을 느낀다. 부정은 너무나 많은 부분에 만연하면서 우리의 진로를 가로막고 있다. 그래서 그에 맞서 싸우기보다는 적당히 타협하는 편이 낫지 않을까 하는 마음이 들 때가 한두 번이 아니다.

그러나 조금 다른 길을 생각해보자. 부정에 맞서 싸우지 않고 그와 반대로 해보는 것이다.

큰 질병에 대항해 투병한다는 것은 매우 큰 일이다. 열이 나고, 약을 복용하고, 혹시 그 약이 부작용을 일으킬지도 모른다. 그래서 또 다른 약을 먹는다. 그러나 질병을 극복하는 보다 좋은 방법은 몸의 면역력을 증진시켜 건강을 강화하는 것이다. 운동, 균형 잡힌 식사, 규칙적인 생활 등이 인간의 육체를 건강하게 만든다.

건강을 강화함으로써 병을 극복할 수 있다. 삶과 죽음 사이에서 삶 쪽을 강화하면 죽음은 그만큼 약화된다. 죽음과 직접 부딪쳐 싸우지 않고 삶과 더욱 단단히 결합하는 것이다.

이와 마찬가지로, 스스로 올바른 생활을 실천하면 온갖 부정을 극복할 수 있다. 다른 사람의 부정에 공격을 가하는 것도 하나의 수단이다. 그러나 자신의 행동을 보다 올바르게, 보다 정당하게 생활해나가는 것이 우리가 살아가는 세상에서 부정을 몰아내는 역할을 한다.

『탈무드』에도 이와 관련된 말이 있다.

'누군가가 촛불을 밝혔으리라 여기고 방에 들어갔는데, 아무도 촛불을 들고 있지 않았다. 아무리 크고 어두운 방이라도 사람마다 하나씩 촛불을 밝히고 있다면 방 안은 대낮처럼 훤해질 것이다.'

'좋은 것은 나누어 갖더라도 자신의 책임은 나누어 갖지 마라.'

아무리 환경이나 또 다른 요인으로 책임을 떠넘기려 해도 그곳에는 늘 자신이 남는다. 그런데도 남을 탓하는 것은 이기심이 개입되어 있기 때문이다.

결국 세계의 중심에는 자기가 서 있다. 자기 존재를 완전히 없앨 수만 있다면 자신의 책임도 없앨 수 있다. 그러나 그 자신이 존재하는 한, 절반 이상은 항상 그 자신에게 남는다.

달아날 수 없다. 남의 시선을 피해 몸을 감출 수는 있어도 자신의 양심으로부터 도망칠 수는 없다.

인간은 서로에게 영향을 미친다

손에 단단한 쇳조각을 들고 있다고 하자. 언뜻 금속은 죽은 것이라고 생각할지 모르지만, 금속의 내부에서는 미립자(微粒子)가 활발하게 움직이고 있다. 나름대로의 법칙이 있어서 그에 따라 바쁘게 운동하고 있는 것이다.

이 쇳조각을 더 단단한 물체에 대고 힘껏 눌렀다가 떼어보자. 물론 겉보기에는 조금도 변한 것 같지 않지만, 과학적인 조사를 해보면 그렇지 않다는 사실을 알 수 있다. 금속을 다른 금속과 접촉시키면 미묘한 변화가 일어나 쇠의 미립자가 상대 금속의 미립자 속으로 극소량이나마 스며드는 것이다.

사람과 사람이 만날 때에도 똑같은 현상이 벌어진다. 당신의 일부분이 상대방의 속으로 들어가고, 상대방의 일부분이 당신에게로 들어온다. 그러다가 헤어지면 그뒤에는 아무런 영향을 받지 않는다고 생각할 수

도 있다. 상대방의 얼굴이나 이름도 시간이 지나면 잊어버리니까. 그러나 사실 엄밀히 말하면, 서로 눌러놓았던 두 개의 금속덩어리처럼 미묘한 변화가 있다. 상대방의 얼굴이나 이름을 잊어버렸다 해도 당신의 속 어딘가에 그가 남아 있는 것이다.

생각해보면 참 무서운 일이다. 당신이 미워한 인간, 두려워한 인간, 싫어한 인간도 당신을 파고들어와 그림자를 남기고 있는 것이다. 따라서 우리는 만나는 사람들과 얼마나 친해질 것인가, 어디까지 결부될 것인가를 신중히 고려해야 한다.

인간은 서로에게 영향을 미친다. 사람은 누구나 혼자 떨어져 성장할 수 없고, 혼자서 타락할 수도 없다. 자기와 어울리는 훌륭한 인간성을 지닌 사람을 만나야 한다.

좋은 사람을 만났을 때에는 그의 인간성을 본받아야 한다. 본받기를 두려워해서는 안 된다. 인간은 누구나 좋은 것을 본받으며 성장한다. 제아무리 잘 흉내내더라도 본질적으로 그 사람이 될 수는 없기에 그것을 바탕으로 성장해가면 그만인 것이다.

모방을 하되 이왕이면 훌륭한 사람들에게 배우는 것이 좋다. 인류가 이만큼 진보한 것은 선인들의 업적을 물려받았기 때문이다. 교육은 모방을 전제로 한다.

하지만 인간은 모방할 의지가 있느냐 없느냐를 떠나 자신도 모르게 영향을 받는다. 그래서 자신이 교류하는 사람들에 대해, 특히 젊은 날의 만남에서는 주의를 기울여야 한다.

현재의 자신을 돌아봐 여러 가지 결점이 발견된다면, 지금까지의 인생에서 바람직하지 못한 친구들로부터 감염되었음을 깨닫게 될 것이다.

안 된다고 말하라

천사와 인간은 어떤 점이 다를까? 천사의 특징은 항상 청순무구(清純無垢)해서 절대로 더럽혀지지 않는다. 그러나 정체되어 있어 더 이상 향상되지 않는다. 이에 반해 인간은 부패하기 쉽다. 그러나 점차 개선될 수 있다는 장점을 지니고 있다. 이렇게 인간은 장점과 단점을 동시에 지니고 있으므로 장점을 잘 이용하면 큰 힘이 된다.

인간은 완전무결한 존재가 아니며, 결코 그렇게 될 수도 없다. 완전하다는 것은 하나의 이상(理想)일 뿐이다. 그 이상은 넓은 바다에 떠 있는 배를 인도하는 밤하늘의 별과 같은 것이다. 배에 탄 선원들은 다 알고 있겠지만, 아무리 따라가도 그 배가 하늘의 별에 닿을 수는 없다. 단지 그 별을 쫓아 가까이 가려 함으로써 올바른 항로를 찾아낼 수는 있다.

인간의 이상도 마찬가지다. 불완전하지만 완전함에 가까워지려고 노력함으로써 올바른 길을 걸을 수 있다. 그리고 올바른 길을 걸어가기 위해서는 용기가 필요하다. 힘이 없으면 걷지도 못한다. 그런데 힘으로 자신을 강제할 수 있을지는 몰라도 남을 강제할 수는 없다. 고대 랍비들은 만약 타인을 그렇게 하려고 한다면 여자와 같은 상냥함이 필요하다고 말하고 있다. 하느님은 인간에게 사내의 강인함과 여성의 상냥함을 무기로 부여했다.

완전함을 추구한다는 것은 무리이며, 남에게 그것을 요구하는 사람도 자연스레 교만해진다. 완전해질 수 없음을 알면서도 그것에 가까워지려고 도전하는 인간은 겸허하다. 그는 자기 능력을 알고 있는 것이다. 그러나 오만한 자는 자기 실력 이상이 되려고 한다. 자신(自信)과 자아도취의 차이가 여기에 있다. 자신을 갖고 있는 사람은 자기 한계를 잘 알고 있지만, 자아도취에 빠져 있는 사람은 자기 한계를 알지 못한다. 『탈무드』에 '자신이 할 수 있는 일을 성취하고자 노력하는 것은 인간이며, 자신이 하고 싶은 일을 하는 것은 신이다'라는 말이 있는데, 되새겨 볼수록 의미심장하다.

겸허함 속에서만 남을 지도할 수 있는 힘이 나오며, 겸허함은 관용이기도 하다. 마찬가지로 여자의 상냥함도 관용을 말하는 것이다. 하지만 원칙 없는 관용은 단정치 못한 방종이 되어버린다. 분명한 경계선이 필요하다.

사회지도자나 정치가들이 무슨 일이든 '오케이' 하는 것은 사회가 나빠지고 있음을 보여주는 증거라고 지적하는 이들이 있다. '대화'라는 것도 상대방의 말에 귀담아들을 만한 것이 있다는 점에서 의미가 있다. 그런데 만사가 '오케이'라니!

『탈무드』는 이렇게 말하고 있다.

'어떤 타협을 해서 이득을 얻겠다고 생각한다면 잘못이다. 오히려 큰 손해를 보게 된다.'

청년 시절 공산주의자였다는 이유로 나치스에게 쫓겨 영국으로 망명해야 했던 칼 만하임은 이렇게 말했다.

"자유주의자들의 중립과 관용의 정신이 실패의 원인이었다. 만약 그때 분명하게 '안 돼'라고 말할 수 있었다면 나치스에게 정권을 빼앗기지 않았을지도 모른다."

나치스나 공산주의 같은 전체주의는 이와 같은 중립주의나 그릇된 관용정신에 빌붙어 성장한다. 무엇이 안 된다고 판단될 때에는 '안 돼!'라고 과단성 있게 외칠 만한 용기를 지니고 있어야 한다.

죄를 전가하지 마라

모든 유대인은 '욤 키푸르(속죄일)'에 자신이 저지른 죄와 마주하게 된다. 이날 유대인들은 자신의 죄를 고백하고 용서를 빈다.

인간은 용서를 구하기 위해 기도한다. 그러나 최근에는 죄가 단순히 종교적인 측면에서만 취급되지 않고 있다. 고대에는 죄를 사면하기 위해 제단 위에 희생제물을 바쳤다. 죄가 제단 위에서 탄핵되는 셈이었다. 죄를 저지른 자는 신의 노여움을 샀다고 생각했기 때문이다. 그러나 근대로 들어서면서 인간은 신보다 인간에게 더 많은 관심을 기울이게 되었다.

이와 같은 새로운 토양 위에서 사회행동과학이 생겨나고, 인간의 죄도 이 관점에서 다루어지기 시작했다. 실례로 경제학자는 죄의 원인을 사회의 경제구조에서 찾는다. 죄는 물질적인 욕망뿐만 아니라 강자에 의한 수탈이나 구조적인 부정 속에서 생겨난다는 것이다.

이와 같은 경제학자의 논리를 무시할 수는 없다. 성서에도 '사람은 빵만으로 살 수 없다'라고 쓰여 있는데, 이는 곧 인간은 빵으로 살아간다는 점을 인정하는 것이다. 성서는 또 이렇게 말하고 있다.

'만약 그가 배고픔을 해결하려고 도둑질을 했다면 용서해야 한다.'

물질적인 결핍상태에 놓여 있는 사람은 죄를 범하기 쉽다. 빈곤은 범죄를 배양한다. 가난은 아름다움을 상실하게 하고, 굴욕으로부터 자포자

기가 탄생한다. 물질적으로 풍요한 사람도 더 큰 부를 탐닉함으로써 죄를 범하게 된다. 대부분의 쾌락은 죄가 되기 쉽고, 대부분의 죄는 쾌락이 그 원인이다.

사회학자들도 죄의 원인을 구명(究明)했다. 그들은 빈민가나 가정의 불화로부터 발생하는 범죄 등 많은 사회환경을 죄악의 원인으로 삼아 연구하고 있다. 물론 그들의 연구를 무시할 수는 없다. 확실히 사회환경에 따라 해서 좋은 일과 그렇지 않은 일의 기준이 달라지기 때문이다. 주거환경이 나쁘다, 교육의 질이 나쁘다, 직업을 얻지 못한다, 차별을 받는다, 정치가 부패했다 등의 조건은 모두 죄를 유발하기 쉬운 환경이다.

심리학자들 역시 죄의 원인을 구명했다. 예를 들어 어릴 때 어떤 교육을 받았는가 하는 것으로부터 무의식을 추적해 범죄의 원인을 밝혀내려 했다. 이와 같은 심리학 분야에는 유대인 학자가 많으며, 이러한 연구도 매우 중요하다. 유대의 전통에서는 미지의 분야에 초점을 맞추는 것이 적극 장려되고 있다.

그러나 그와 동시에, 죄는 개인적인 문제다. 최종적으로는 개인의 책임 아래 발생하는 것이다. 유대인들은 단 한 번도 이와 같은 사고방식을 버린 적이 없다. 죄는 태어나면서부터 인간에게 주어지는 것도, 사회환경에 의해 강요되는 것도 아니다. 자부심은 자신이 완전히 확립되어 있는 데서 출발한다. 결국 죄는 개인 스스로가 만들어내는 것이다.

만약 과학적인 연구가 개인의 책임감을 희석시켜버린다면, 그것처럼 유감스러운 일도 없다. 인간은 결코 타인에 의해 조종될 만큼 약한 존재가 아니다.

| 죄나 부정에 관한 유대 격언 |

- 근거 없는 증오는 최대의 악이다.
- 죄를 저지른 자는 쫓아오는 사람이 없어도 도망친다.
- 침묵은 고백과 같다.
- 나쁜 일도, 선행도 같은 손이 한 일이다.

민족의 힘

국력이란 한 민족의 힘이다. 물론 여러 민족으로 구성된 국가도 있다.

한 국가의 기반은 몇 가지가 있지만, 그 중에서 첫 번째로 생각해야 하

는 것이 인구다. 그런데 인구가 많다고 국력이 강하다고 말할 수는 없다. 거대한 인구가 오히려 마이너스 요인인 나라도 있다.

두 번째는 천연자원이다. 목재가 많거나 수력이 풍부하거나 광물 등 매장자원이 풍부한 경우, 이는 곧바로 국력으로 이어진다. 그러나 천연자원이 부족해도 과학기술과 무역으로 발전하는 나라도 있다.

세 번째는 지리적인 조건이다. 이스라엘은 아시아와 아프리카의 경계에 해당하는 전략적 위치에 자리하고 있다. 이와 비슷한 지리적 조건을 갖고 있는 나라로 폴란드와 한국을 들 수 있다. 이들 나라는 영국이나 일본처럼 바다로 둘러싸여 보호받고 있는 나라와 전혀 다르다. 지리적 영향은 국력을 배양할 때 큰 의미를 지닌다.

이외에도 국민 개개인의 지식수준은 국력의 기초가 된다. 인구가 많거나 자원이 풍부해도 지식 축적도가 낮은 나라는 빠르게 성장하지 못한다.

그런데 유대인의 국력을 생각해보면 약간 기이한 느낌이 들지도 모른다. 국가란 반드시 국토를 전제로 하기 때문이다. 국토문제는 제쳐두고라도, 유대인의 인구는 당시 인류의 0.25퍼센트밖에 안 될 만큼 형편없이 적었다. 물론 그들에게는 천연자원도 없었고 2,000년 동안이나 발붙일 땅도 없었다. 하지만 그들은 풍부한 지식을 갖고 있었다. 전 세계적으로 유대인의 문맹률은 어느 시대를 보더라도 가장 낮았다. 또 하나, 강한 사명감에 대한 자각이 국력을 지탱하는 지주가 되어 그들의 단결을 지켜왔다.

따라서 교육수준이 낮고 미신과 천연자원뿐인 나라나, 인구만 많은 나라와 비교해볼 때 유대인의 인류에 대한 공헌도는 결코 뒤지지 않는다. 오히려 더 크고 강하다. 결국 국력을 배양하는 데는 두뇌의 역할이 아주 중요하다.

유대 민족은 국토도 자원도 없었지만 교육자원의 힘이 얼마나 큰지, 인간의 질적 자원이 얼마나 큰 힘을 발휘하는지 잘 보여주고 있다.

유대의 별

로마 제국이 이스라엘을 점령했을 때, 로마 시내에는 개선문이 우뚝 섰고 그들은 승리를 자축하기 위해 기념금화를 만들었다. 금화에는 '유데어 데빅터', '유데어 카프터'라는 라틴어와 함께 자랑스러운 로마 병사의 발밑에 꿇어앉은 유대 여인의 모습을 새겼다. 유데어 데빅터는 '유대인을 분쇄하다', 유데어 카프터는 '유대인을 사로잡다'는 뜻이다. 로마인은 승리의 축배를 들었고, 유대인은 패배의 쓴잔을 마시고 세계 각지로 흩어져야 했다. 그런데 지금은 어떠한가? 로마 제국은 멸망했지만 유대인은 여전히 살아남아 있다.

지난날 수많은 제국이 생겨났고 번영을 누렸다. 제국의 출발은 보잘것없었지만 승리를 거듭하면서 영토를 넓히고 세력을 더해 대제국이 되었다. 하지만 그 제국들 역시 멸망해갔다.

유대인은 패배에 패배를 거듭했음에도 세계 각지에서 살아남아 자연과학, 사회과학, 예술, 비즈니스, 정치 등 모든 영역에서 빛나는 업적을 거둔 가장 성공한 민족이 되었다.

성공을 받아들이기는 쉬워도 패배를 받아들이기는 쉽지 않다. 건강한 사람이 한번 병에 걸리면 쉽게 시들어버리지만 평소에 골골하던 사람이 오히려 오래 살 듯이, 패배를 견뎌낸 자가 진정한 승리자라는 사실을 역사는 가르쳐주고 있다.

나치스의 유대인 말살정책에 따라 600만 명의 유대인이 가스실로 보내지고 총살되거나 고문으로 죽어갔다. 이런 사실은 민족적으로 엄청난 패배다. 그러나 그때 사망한 600만 명의 유대인은 현재 이스라엘 사람들의 생활의 일부가 되어 살고 있다. '6일전쟁'에서 이스라엘은 우군을 찾아보기 힘들었다. 이 600만 명의 아군은 혼자서라도 싸워야한다, 그러지 않으면 몰살당한다는 교훈을 일러주었다. 국제 여론 따위는 믿어서도 안 되고, 친구가 있다 해도 믿지 말라고 경고해주었다.

별 하나를 떠올려보자. 별은 낮에도 떠 있지만 날이 어두워지지 않으면 보이지 않는다. 뱃사람들은 줄곧 별자리를 우러르며 항해해왔다. 사람 또한 암담할 때나 비극적일 때 고개를 들어 별을 올려다본다. 유대인은 오랫동안 별을 보아왔고, 그것의 인도를 받아왔다. 이것이 유대인의 힘이다.

패전을 기념하다

인간이 현실을 인정하고 살아갈 수 있는가의 여부는 자신의 실패나 패배를 인정하느냐, 그렇지 못하느냐에 달려 있다. 이민족들은 모두 빛나는 승리의 날만 기념하고 축제를 벌인다. 그들에게 물어보면 과거의 그 순간은 유쾌했으므로 곧바로 대답한다. 그러나 지난날의 큰 패배에 대해 묻는다면 대충은 알고 있어도 분명히 대답하지 못한다.

유대인은 수천 년 전 자기 민족이 겪은 패배의 날을 지금까지도 생생히 되새기며 기념일로 삼아 다음 세대에 전하고 있다. 그 예로 나치 독일에 희생된 600만 동포를 애도하는 기념일을 들 수 있다.

유대 민족의 문학서이자 역사서 중 하나인 『하가다』는 '우리는 이집트

파라오의 노예였다' 라는 머리말로 시작된다. 전 세계의 민족문학서 가운데 이처럼 굴욕적인 패배의 말로 시작되는 책이 있는가? 더욱이 자신들의 힘으로 해방을 쟁취했다고 주장하지 않고 '해방되었다' 라는 수동태를 사용하고 있다. 해방시켜준 것은 '신' 으로, 자신들보다 훨씬 큰 힘의 존재를 인정하는 것이다. 이처럼 겸손한 태도, 자신들의 한계를 인정하는 태도야말로 그들이 살아남을 수 있었던 비결인 셈이다.

패배는 경험을 깊게 하며, 그것으로 풍부한 미래를 약속할 수 있는 교훈의 보고가 된다. 유대인은 패배에서 오히려 용기를 얻는다. 그들은 패배 속에서 '힘' 이라는 꿀을 정력적으로 모으는 벌과 같은 존재다.

이스라엘의 신은 전 인류의 신이며, 유대인의 희망은 전 인류의 희망이다. 그들이 조국 이스라엘로 돌아와 그곳에서 밝은 생활을 실현하기 시작했을 때 비로소 세계도 밝은 생활로 돌아가기 시작했다. 칼이 용해되어 쟁기가 되고, 창이 녹여져 괭이가 되었다. 유대인은 오랫동안 그날이 오기를 희구해왔던 것이다.

그들은 지난날의 비참한 노예생활을 상기하는 데 그치지 않았다. 유대인의 전통은 그것을 기념함으로써 그 옛날 이집트에 머물 때의 경험을 마치 자신의 일처럼, 마치 자신이 그 노예생활에서 해방된 것처럼 실감하는 것이다.

성서의 『출애굽기』에 나오는 파라오는 이집트의 왕만 가리키는 것이 아니라 노예를 혹사한 모든 지배자를 의미한다. 아무리 시대가 변해도 파라오는 반드시 존재하게 마련이다. 이집트란 말도 지리적인 의미의 이집트만 가리키는 것이 아니다. 과거에도, 현재에도, 미래에도 이집트는 항상 존재할 수 있는 것이다. 과거를 현재의 것으로 끌어안을 수 있는 민족만이 미래를 손에 넣을 수 있다.

그들은 지난날의 실패를 패배로 인정하지 않고 현실로 받아들인다. 그들은 그것을 알고 있는 자만이 승리할 자격을 갖추고 있다고 믿고 있다. 그들은 여전히 승리를 거두지 못하고 있다. 그러나 반드시 승리의 날이 오리라 믿고 있다.

묘지의 희망

유대인이 끈질기게 살아남을 수
있었던 비결들 가운데 빼놓을 수
없는 것이 바로 훌륭한 지도자의
자질이다.

이집트의 노예생활에서 해방된 그
들이 사막을 가로질러 이스라엘로
향할 때 행렬의 선두에 선 사람은
모세였다. 사막을 건너는 동안 그
들은 아말렉족의 습격을 받아 궁
지에 몰렸다. 그때 모세는 돌 위에
걸터앉아 상황을 주시하고 있었
다. 주위 사람들이 말했다.

"민족의 지도자께서 돌 위에 앉으
니 부드러운 방석을 깔고 앉는 것
이 좋지 않겠습니까?"

그러자 모세는 이렇게 대답했다.

"나는 다른 사람들과 함께 행동하
고 싶소. 그러니 나만 방석에 앉을 수는 없소."

이 이야기를 『탈무드』는 모세가 지도자로서 민중의 고통을 몸소 경험
하고자 했던 것으로 해석한다.

성서시대부터 유대인에게 영도자란 결코 궁전이나 장관실의 의자에 버

티고 앉아 있는 인간이 아니었다. 항상 민중의 한 사람으로 그들 가운데에 머물렀다.

유대인이 살아남은 비밀 가운데 또 하나는, 그들이 정의를 굳게 믿어왔다는 사실이다. 그들은 정의란 세계를 창조한 신 자신이며, 세계는 하나의 목적을 위해 만들어진 것이라고 믿어왔다. 그래서 마지막에는 정의가 반드시 승리하고, 정의를 지키는 유대인이 해방될 것이라고 굳게 믿어왔다.

『하가다』를 비롯한 유대의 고전들은 민족에게 가해진 온갖 물리적인 위해보다도 신앙을 흔드는 유혹이나 공격이 더 위험하다고 가르치고 있다. 마지막 승리를 쟁취하기 위해서는 신념이야말로 가장 귀중한 것이기 때문이다. 파라오는 유대인을 물리적으로 괴롭히고 압박했지만, 야곱을 유대인으로부터 떼어놓으려 했던 라반이 훨씬 더 위험한 존재였던 것이다.

또 하나는, 그들이 희망을 버리지 않았다는 점이다. 유대인에게 묘지는 희망을 상징한다. 모든 것의 종말을 뜻하는 묘지일지라도 그들에게는 밝은 미래를 약속해주는 표상으로 보이는 것이다.

『미드라시』에는 이런 이야기가 실려 있다.

아버지와 아들이 사막을 여행하고 있었다. 사막에는 살인적인 폭염이 퍼붓고 있었고 길은 까마득히 멀었다.

아들이 아버지에게 말했다.

"아버지, 전 목도 마르고 너무 지쳐서 죽을 것만 같습니다."

그러자 아버지가 아들을 격려했다.

"기운을 내거라. 이제 곧 마을이 보일 거다."

아버지와 아들은 다시 힘을 내어 발걸음을 옮겼다.

한참 후 묘지가 보이기 시작했고, 아버지가 기쁜 표정으로 말했다.

"묘지 근처에는 반드시 마을이 있는 법이다. 그러니까 조금만 더 기운을 내려무나."

사막의 유목민들은 사람이 죽으면 마을을 벗어난 곳에다 묘지를 만들었다. 묘지는 사막 여행자들에게 마을이 멀지 않음을 말해주는 표식이었다. 따라서 유대인에게 묘지는 종말이나 죽음의 상징이 아니라 생명의 상징이었던 것이다.